AᵗV

Andreas Dresen wurde 1963 in Gera geboren. Nach dem Abitur 1982 arbeitete er 1984/85 als Tontechniker am Mecklenburgischen Staatstheater in Schwerin, 1985/86 folgte ein Volontariat bei der DEFA. 1986 bis 1991 studierte er Regie an der Hochschule für Film und Fernsehen »Konrad Wolf« in Babelsberg. Andreas Dresen drehte Dokumentar- und Spielfilme, für die er eine Reihe von Preisen erhielt. Erwähnt seien der Hessische Filmpreis und der Deutsche Kritikerpreis für seinen ersten Kinofilm »Stilles Land« (1992), der Förderpreis der Jury des Max-Ophüls-Festivals Saarbrücken für den Fernsehfilm »Mein unbekannter Ehemann« (1994) und der Hauptpreis des FilmKunstFestes Schwerin für »Raus aus der Haut« (1997). Er inszenierte am Staatstheater Cottbus den »Urfaust« (1996) und »Herr Puntila und sein Knecht Matti« (1999). Seit 1998 ist er Mitglied der Akademie der Künste.

»Nachtgestalten« kam erfolgreich zur BERLINALE im Februar 1999 heraus. Michael Gwisdek erhielt den Silbernen Bären als Bester Darsteller. Der Film gewann außerdem den Hauptpreis des FilmKunstFestes Schwerin, war in fünf Kategorien für den Deutschen Filmpreis 1999 nominiert und erhielt das Filmband in Silber.

»Nachtgestalten« spielt nicht in einer Zeit, als das Wünschen noch geholfen hat. Es geht um Ereignisse von heute, in einer Nacht in Berlin. Mitfühlend und genau beobachtend werden Geschichten vom verzweifelten Insistieren auf bescheidenen, nur noch gelegentlichen Hoffnungen seiner Charaktere erzählt. Ein Dach gegen den Regen, ein Bett zum Lieben und ein Bad gegen die Verwahrlosung, und nur für eine Nacht, weil der gefundene Hundertmarkschein mehr nicht hergibt, wünscht sich eine Obdachlose mit ihrem Freund und bekommt eine Irrfahrt mit eruptiven Stimmungswechseln, Mißverständnissen und großen Ängsten. Daß ganz einfache Wünsche, wie der nach einer Frau, nicht zu erfüllen sind, muß auch der Bauer erleben, der an eine drogensüchtige Prostituierte gerät und in hilfloser Gewalt versinkt. Und da ist schließlich der enttäuschte kleine Angestellte, der irgendwann vor langer Zeit die Karriere verpaßt und schon gar keine Wünsche mehr hat. Ihn, bei dem alles schief läuft, trifft, wie eine ferne Erinnerung, ein Hoffnungsstrahl in dieser Nacht, weil ihm ein kleiner Junge einfach vertraut. Es regnet, und der Papst besucht einen eher gottlosen Ort.

# Andreas Dresen

# Nachtgestalten

erzählt von Torsten Schulz
herausgegeben von Andreas Leusink

Aufbau Taschenbuch Verlag

Wir danken
Peter Rommel sowie allen Interviewpartnern,
insbesondere Caroline M. Buck, Uta Ganschow,
Cooky Ziesche und Knut Elstermann,
für die freundliche Unterstützung.

ISBN 3-7466-1592-5

1. Auflage 1999
Aufbau Taschenbuch Verlag GmbH, Berlin
© dieser Ausgabe Aufbau Taschenbuch Verlag GmbH, Berlin 1999
mit Genehmigung der
henschel SCHAUSPIEL Theaterverlag Berlin GmbH.
Alle Rechte vorbehalten.
Eine Produktion von Rommel Film.
Im Verleih der Münchener Film Agentur (MFA).
Umschlaggestaltung Torsten Lemme
unter Verwendung eines Plakatmotivs von LSD.
© der Innenfotos: Rommel Film
Druck  Elsnerdruck GmbH, Berlin
Printed in Germany

# INHALT

Straßenpflaster in der Abenddämmerung, schmutzig-glänzend vom Regen. Die Passanten weichen den Pfützen aus. Beeilen sich, als müßten sie vor Einbruch der Nacht in ihren Wohnungen sein.

Am Rande des Bürgersteigs, unter einem heller-leuchteten Schaufenster, eine verlotterte Promena-denmischung aus Schäferhund und irgendeiner ande-ren Rasse. Verpennt liegt der Hund auf dem Pflaster, blinzelt nur selten und apathisch auf die vorbeizie-henden Beine. Aus diesem Blickwinkel unterscheiden sich die Passanten voneinander nur noch durch ihre Schuhe und die Art ihres Gehens. Stiefel, Pumps, Turn-schuhe, abgelatscht, lackiert, extravagant, bieder, Stie-fel, Pumps, Turnschuhe ... Plötzlich aber reckt der Hund die Nase in die Luft. Irgendetwas läßt ihn auf-merksam werden. Er richtet sich auf, schaut zum Him-mel hoch, bellt. Bellt gegen das rasch anschwellende Motorengeräusch eines Flugzeuges, das jetzt ganz tief über die Stadt hinweg donnert.

»Halt die Schnauze, Whiskas!«

Hanna sitzt neben dem Hund auf einem Stück Pap-pe, zerrt an seinem Halsband. Aber Whiskas gibt kei-ne Ruhe. Immer noch bellt er aufgeregt den Himmel an.

»Ey, schön ruhig hier. Schön ruhig bleiben. Sitz. Sitz!«

Das Flugzeug entfernt sich. Und endlich beruhigt sich Whiskas, wird getätschelt. »So ist brav.«

Hanna ist vielleicht Ende zwanzig, ihr Gesicht zart, noch mädchenhaft, aber bereits gezeichnet vom Leben. Sie hat tiefe Ringe unter den Augen, trägt eine ausgeleierte Wollmütze und ist in eine unförmige Daunenjacke gemummelt. Vor sich hat sie eine Blechbüchse zu stehen, in der sie Geldstücke der Passanten sammelt. Auf einmal sieht sie zwischen dem Kleingeld einen Schein: 100 Mark. Ungläubig betrachtet sie das Geld. Dann ein Blick zum Himmel, wo eben noch das Flugzeug war. Als wäre der Geldschein von dort direkt in die Büchse gefallen. Schnell steckt sie das Geld in ihre Hosentasche. Greift sich ihre Sachen. »Komm Whiskas, Feierabend.«

So sehr ist sie in Gedanken, daß sie fast in ein Auto läuft. Wildes Hupen.

»Ey Mann, du Wichser!« brüllt Hanna den Fahrer an.

Ricardo Nduadiki, ein Schwarzafrikaner, sitzt in seinem klapprigen Auto, schüttelt heftig den Kopf über die Pennerin, die er soeben beinahe umgefahren hätte.

»Bist du blöd, oder was? Geh. Geh schon!« Er blickt auf seine Armbanduhr, traut seinen Augen nicht. Fährt zügig wieder an und hört die Nachrichten im Autoradio: »Zur Stunde landet der Papst auf dem Flughafen in Berlin-Tegel. Hunderte von Menschen haben sich dort zu seinem Empfang eingefunden. Durch Demonstrationen kommt es in der Stadt zu massiven Verkehrsbehinderungen ...«

Wie zur Bestätigung der Meldung muß Ricardo kräftig auf die Bremse treten: Rückstau an einer Ampel. Er stöhnt auf, schlägt entnervt auf das Lenkrad.

Auch auf der Stadtautobahnbrücke bewegt sich der Verkehr nur zäh, die Abgase dampfen in den abendlichen Himmel. Unter der Brücke ein ziemlich verdreckter Bahndamm. Er läßt jedoch genügend Platz für eine breite Betonfläche. Eine zugige Insel, überdacht zwar, doch von Verkehr und Witterung umtost. Es nieselt.

Hanna kommt eilig die steile Böschung herunter. »Victor, hey Victor!«

Auf dem Weg begrüßt sie einen Alten mit langen weißen Haaren: »Hi, Zombie«. Der sitzt da, gegen die Kälte geschützt durch einen Berg von alten Kleidungsstücken. Hanna zieht eine etwas lädierte Zigarette aus der Hosentasche, drückt sie dem Alten in die Hand.

Whiskas steht schon bellend vor einem Bretterverschlag. Victor schiebt seinen Kopf aus der Behausung. Er ist Mitte dreißig. Macht mit seinen abstehenden Ohren und seinen gutmütigen Augen einen sanften Eindruck. Whiskas springt freudig an ihm hoch.

»Hey Victor. Mach mal die Augen zu.«

»Warum?«

»Na, mach schon!«

Hanna zappelt vor ihm, holt den Hundertmarkschein aus der Tasche, hält ihn Victor vor die Nase.

»Hab nich' mal gecheckt, wer ihn reingeschmissen hat. Vielleicht irgend so 'n Typ mit 'nem schlechten Gewissen oder so.«

Victor sieht Hanna forschend an, dann wendet er sich ab. Nimmt eine Sprayflasche mit Desinfektionsmittel zur Hand und besprüht die über einem Gitter ausgebreiteten Schlafsäcke, während Hanna in ihrer aufgekratzten Stimmung weiter auf ihn einredet.

»Auf einmal spielt der Köter verrückt. Wegen so 'm blöden Flieger. Und wie ich wieder runtergucke, liegt der Hunnie in der Büchse. Vielleicht ist ja der Papst vorbeigelaufen. Oder Mutter Theresa.«

Victor dreht sich zu Hanna um. »Diebe und Nutten find' ich das Letzte.«

Sie glaubt, nicht recht zu hören. »Sag mal, spinnst du? Außerdem bin ich nich' dein Privatgrundstück, nur weil du mich ab und zu mal ficken darfst!« Die Stimmung ist hin.

Hanna stapft los. Schlägt voller Wut mit dem Fuß in die Erde, so daß der Matsch aufspritzt. Auf dem Gleis direkt vor ihr donnert ein Zug vorüber.

»Leckt mich doch alle am Arsch, ihr blöden Vollidioten!« schreit sie ihm hinterher.

In einem der Zugfenster spiegelt sich Jochens Gesicht. Er ist um die dreißig, groß, kräftig, bäuerlich. Sein Gesicht hat etwas von der Naivität eines Kindes bewahrt. Er schaut hinaus, erwartungsvoll, ein bißchen ängstlich. Altbauten mit zerbröckelten Fassaden, dann monotone Betonklötze. Plötzlich ein Blick in die Tiefe einer Straße. Autos im Stau, Leuchtreklame. Dann wieder Hauswände, die das Zugfenster verdunkeln.

Bahnhof Lichtenberg. Der Zug hält. Jochen steigt aus. Stellt seine Tasche ab, um sich die Jacke zu schließen. In diesem Moment wird er von einem Jungen angerempelt. Der schnappt sich die Tasche, rennt weg. Jochen ist total perplex.

Erst als der Junge schon auf der Treppe zur Bahnhofshalle ist, nimmt er die Verfolgung auf. »Hey, meine Tasche. Festhalten! Meine Tasche!«

Niemand greift ein. Jochen rempelt in seiner Eile eine alte Frau an, der vor Schreck ein Beutel mit Katzenfutter aus der Hand fällt.

»Passen Sie doch auf, junger Mann!«

Jochen beeilt sich, die Büchsen wieder einzusammeln. Inzwischen ist der Dieb über alle Berge.

Bahnhofsfoyer. Jochen schaut sich ratlos und außer Atem um. Eine Werbesprecherin verkündet mit lieblich sonorer Stimme über Lautsprecher eine neue Offerte der Deutschen Bahn: »Das Drei-S-Programm steht für Service, Sicherheit und Sauberkeit und soll das Wohlbefinden und die Aufenthaltsqualität in den Bahnhöfen steigern ...«

Büro der Bahnpolizei. Der Beamte schließt das Fenster zum Bahnsteig. »Wieviel Geld hatten Sie denn in der Tasche?«

»Geld?«

»Ungefähr.«

»Immer in der Jacke.«

Der Bahnpolizist hat hier weiß Gott schon ganz andere Diebstähle erlebt. Genervt sieht er sein Gegenüber an. »Was hatten Sie denn dann in der Tasche?«

»Badelatschen.« Kaum hat Stummel die Dinger in der Hand, hat er sie auch schon in den Müllcontainer geworfen.

Hinterm Bahnhof hat sich die Clique um Tom, den Dieb, getroffen. Sie sind alle höchstens fünfzehn. Fischen Jochens Sachen aus der Tasche.

»Hey Leute, guckt mal, Kondome.« Das Mädchen mit den rotgefärbten Irokesenhaaren amüsiert sich. »Der muß echt notgeil gewesen sein.«

Aber Tom muß sich von einem seiner Kumpels attackieren lassen. »Was schleppst du 'n für Scheiße hier an.«

»Der sah nu ma' dicke nach Kohle aus, der Wichser.«

»Jetzt dürfen wir wieder schnorren gehen«, beschwert sich die Rothaarige.

Jochens Tasche wandert in den Müll. Die Clique setzt sich lustlos in Bewegung.

Stummel hat es von Anfang an gewußt: »Mann Alter, ich sag dir doch: Nichts zu holen hier. Die Knete is da, wo der Papst is. Flughafen oder so.«

Flughafen Tegel in der Abenddämmerung. Eine Maschine landet.

Im Gebäude herrscht Betriebsamkeit. Reisende, aber auch Fotografen, ein Kamerateam, diverse Sicherheitsleute. Eine Schar von Demonstranten mit großen Papst-Fotos und der roten Aufschrift »Mörder«. Eilen zum Ausgang.

»Hab den Papst gar nicht sehen können ...«, sagt einer der Demonstranten. Ein anderer, amüsiert: »Direkt in den Nacken die rote Brühe, total gekotzt hat der Bulle ...« Ein dritter unterbricht den Farbattentäter: »Wir müssen ins Stadion, wenn wir den Papst noch erwischen wollen ... Paß doch auf!«

Um ein Haar hätte er einen schwarzen Jungen umgerannt, der soeben aus der Zollabfertigung in die Flughafenhalle getreten ist.

Feliz sieht verwundert den Demonstranten hinterher. Er ist vielleicht zwölf Jahre alt. Seine Reisetasche ist zwar nicht groß, aber zu groß für ihn.

Der feine Gong vor den Lautsprecherdurchsagen, das Leuchten der Anzeigetafeln, die buntschillernden Geschäfte – all das erregt Feliz' Aufmerksamkeit. Aber vor allem soll er abgeholt werden und schaut sich deshalb suchend um. Unentschlossen geht er durch die Halle. Vorbei am Informationsschalter, wo sich ein Mann, Anfang fünfzig, gerade mit einer Stewardeß vom Bodenpersonal streitet. Der Mann ist der Verzweiflung nahe. »Wissen Sie, ich hab ja den Eindruck, Sie wollen mir nicht helfen.«

»Es tut mir leid«, verteidigt sich die Stewardeß, »ich weiß im Moment genauso wenig wie Sie.«

»Aber ob Frau Oshimoto in der Maschine ist, das können Sie doch wenigstens feststellen!«

»Sie sehen doch selber, was hier los ist. Durch die Ankunft des Papstes ...«

»Mich interessiert nicht der Papst«, fällt ihr der Mann ins Wort. »Es geht um einen wichtigen Termin in unserer Firma. Heute abend. Und nun schauen Sie bitte in Ihrem Computer nach. Wozu gibt es Passagierlisten.«

»Leider nur bei der betreffenden Fluggesellschaft. Nippon Airlines, fünfzig Meter rechts bitte.«

Der Geschäftsmann Hendrik Peschke, mit akkuratem Anzug, obligatorischer Krawatte und einer Orchidee in Plastikfolie, kann sich nur mit Mühe beherrschen, denn da, wo er hin soll, war er längst. »Der Schalter ist bereits geschlossen!«

»Tut mir leid.« Damit beendet die Stewardeß die Diskussion.

Peschke setzt sich erst mal auf eine Bank, wickelt ein Baguette aus, beißt hinein. Jetzt erst bemerkt er Feliz, der neben ihm wartet. Ein knappes Lächeln hat er für den Jungen übrig, bevor er sich seinem elektronischen Terminkalender zuwendet, hilfesuchend darauf herumtippt.

»Na ja, Doktor Schneider ... Wen trifft 's wieder? Wer fährt zum Flughafen und steht sich hier die Beine in 'n Bauch ...« Peschke spricht vor sich hin, aber wiederum auch so laut, daß ihn Feliz hören kann.

Der Junge beobachtet interessiert den merkwürdigen Mann an seiner Seite. Als Peschke zurückblickt, wendet er sich schüchtern ab.

»Hunger? Hm? Hier.« Peschke hat den Blick auf seine Art gedeutet und hält Feliz sein angebissenes Baguette hin. Drückt es ihm auch schon in die Hand. »Essen. Ham, ham ...« Der Junge zögert.

»Na ja, man ist zu gutmütig.« Peschke steht auf, bugsiert die Orchidee an einer Nonne vorbei und geht.

Feliz blickt dem Mann verwundert nach, dann siegt sein Hunger, und er beißt kräftig ins Baguette.


Am Bahndamm. Hanna mit ihrer Wut und ihrem Frust: »Echt daneben, daß ich ausgerechnet mit dir hier rumhänge.«

Victor steht hilflos da, sieht mit an, wie sie in hohem Bogen Sachen aus dem Bretterverschlag wirft: ein Schlafsack, Tüten, Decken. »Hätte ich mir ja gleich denken können, ey. Du bist ja krank! Krank bist du mit deiner scheiß Eifersucht.«

Sie scheint entschlossen, auszuziehen, hat sich ihre Sachen unter den Arm geklemmt, geht dicht an Victor heran. »Weißte, ich dachte, wir machen uns 'nen richtig geilen Abend. So richtig schön essen gehen, Hotel, Badewanne und so ...«

»Hanna!«

Victors bittender Ton bringt sie nur noch mehr auf die Palme. »Vergiß es, ey. Komm, Whiskas!« Sie stiefelt los, während sich der Hund an ihrer Seite hält.

»Hanna!« Victor geht ein paar Schritte hinterher. »Ich hab noch 80 Mark vom Zeitung verkaufen. Die schmeißen wir zusammen, und dann ... dann haben wir 180 Mark.«

»Kannst dir jemand anders ...« Hanna rutscht auf der Böschung aus. »Scheiße!« Ihr Schlafsack fällt runter.

Victor eilt zu Hanna. »Immer mit der Ruhe. Wird schon.«

»Wird schon, wird schon«, äfft Hanna ihn nach. Betrachtet sich im Matsch. »Heute frisch angezogen die Klamotten.«

Victor holt ihren Schlafsack, setzt sich neben Hanna, die immer noch vor sich hin schimpft.

»Kann doch nicht jeden Tag in' Waschsalon rennen, oder?! Alles wegen dir.«

Der letzte Satz hat sich schon ein bißchen nach versöhnlich angehört. Victor holt eine Schnapsflasche hervor. Hält sie Hanna hin.

Hanna lehnt ab. Als Victor ansetzt, nimmt sie ihm die Flasche aber doch aus der Hand. Genehmigt sich einen kräftigen Schluck, der Übung in der Sache verrät. Victor ist froh, daß der Streit damit ausgestanden scheint: »Ey, guck mal, 180 Mark. Das sind 80 Mark für 's Hotel, 40 Mark für 's Essen. Sind 120. 20 für die Taxe, sind 140 ...«

Hanna reicht ihm die Flasche zurück. »Was 'n für 'ne Taxe?«

»Wir beide, wir fahren ins Hotel mit der Taxe, okay?!«

Peschke steht in der Flughafenhalle am Kartentelefon. Nimmt den Hörer ab, greift in seine Manteltasche. Aber das, was er sucht, findet er nicht. Hektisch durchwühlt er seine Taschen – ohne Ergebnis. Dann die Eingebung: »Der Negerbengel!« Peschke eilt los. Fast hätte er die Orchidee liegenlassen.

Feliz geht in der Halle umher. Hält Ausschau. Da packt ihn Peschke von hinten. »Hab ich dich, Freundchen! So, nun rück mal die Brieftasche wieder raus, sonst kannst du dein blaues Wunder erleben. Daß das klar ist. Ja? Ist das klar?«

Feliz ist irritiert und erschrocken.

»Ach, auch noch dumm stellen, ja?« Peschke greift Feliz' Hand. Zieht ihn hinter sich her. »So, komm mal mit. So seid ihr Brüder. Komm mal mit rüber.«

Peschke will Feliz zu einer Sitzgruppe zerren. Der beginnt, sich zu wehren. Versucht, sich loszureißen. Als ihm das nicht gelingt, beißt er Peschke in die Hand. Der schreit auf. Der Junge will wegrennen. Aber Peschke ist schneller, hat ihn nach drei Schritten wieder gepackt.

»Komm mal her. Oder soll ich die Polizei holen? Wollen wir die Polizei holen, ja? Polizia, you understand?« Mit dieser Drohung scheint der Widerstand gebrochen.

Peschke beginnt, die Taschen von Feliz' abgewetzter Trainingsjacke zu durchsuchen. Findet ein Feuerzeug und ein paar einzelne Zigaretten, mit Gummi zusammengehalten. »Zigaretten! Euch müßte man den Arsch versohlen.«

Dann greift er nach Feliz' Reisetasche. Der Junge versucht, das zu verhindern. Es gelingt ihm nicht.

»Ach, da kommen wir wohl der Sache schon näher, ja?« Peschke durchwühlt die ganze Tasche. »Mein lieber Freund. Mit mir nicht, ja! So, was haben wir denn hier?« Er zieht einen Reisepaß heraus. Blättert darin.

»Feliz Ko-la-mi. Aus Angola also. Kaum angekommen und schon klauen, ja?«

»Waren Sie das mit dem Baguette?«

Peschke dreht sich um. Die Verkäuferin vom Imbißstand hält ihm seine Brieftasche hin. »Ihr Portemonnaie!«

Dem Mann fällt ein Stein vom Herzen. »Ach, mein Gott! Und ich dachte schon ... Vielen Dank.«

»Jetzt können Sie den Jungen ja in Ruhe lassen.« Die Verkäuferin geht wieder. Peschke zieht los mit seiner Brieftasche. Dann aber bleibt er stehen, dreht sich um. Sieht mit einem Anflug von schlechtem Gewissen, wie Feliz seine durchwühlte Reisetasche aufräumt.

Flughafen Tegel – zeigt das Hinweisschild auf der Stadtautobahn an. Ricardo rast mit seinem klapprigen Auto die endlich staufreie Straße entlang. Schaut wohl zum hundertsten Mal auf seine Armbanduhr. Als er wieder nach vorne blickt, sieht er nur noch Bremslichter. Er tritt voll aufs Pedal – zu spät. Es kracht.

Ricardo, der reflexartig die Schultern hochgezogen und die Augen geschlossen hat, hebt den Kopf wieder, sieht die Bescherung. »Pora! Manda foder pá. Shit! Scheiße, Scheiße ...«

Feliz hat seine Reisetasche wieder gepackt und wartet auf einer der Sitzbänke in der Flughafenhalle. Peschke setzt sich neben ihn. Davon ist Feliz nun nicht gerade begeistert.

»You Feliz. From Angola. Right? Okay? I 'm Peschke. My name is Peschke. Hendrik Peschke. You look.« Peschke holt seine Brieftasche hervor, entnimmt ihr eine Visitenkarte, gibt sie dem Jungen und zeigt auf seinen Namenszug. »Hendrik Peschke. Okay?«

Feliz betrachtet die Karte. Peschke stößt ihn von der Seite an, probiert ein väterliches Versöhnungslächeln. »Du wartest ... You, eh ... Buscar. Eh, Al – Algarve?« Algarve – das war doch diese Urlaubsgegend. »Eh, Al – Algomo? Algomo? You?« Peschke ist mit seinem Spanisch schon am Ende.

Aber Feliz kramt einen zerknitterten Briefumschlag aus der Jackentasche, reicht ihn Peschke. Darauf steht Ricardos Name, seine Adresse in Berlin und die Telefonnummer.

»Aha. Wollen wir mal sehen.« Peschke als Mann der Tat. Er deutet auf die Nummer. »Ah ja, hier. Telefon. Yes? Telefon? You Telefon?«

Jochen, der kräftige, bäuerliche Mann, wartet vorm Bahnhof an einer Telefonzelle. Er hat sich eine Boulevardzeitung gekauft. Auf der Titelseite in großer Aufmachung der Papst. Als Jochen die Zeitung wendet, lächelt ihn von der Rückseite eine Barbusige an.

»Sorry, hast du vielleicht 'ne Mark für was zu essen?«

Jochen schrickt auf, dreht die Zeitung weg. Betrachtet die Punkerin mit dem rotgefärbten Iro. Erwartungsvoll, aber nicht devot steht sie vor ihm. Sie streckt die Hand aus.

Jochen sucht in seinem Portemonnaie. »Nee, nur zwei ...«

»Nehm' ich auch«, sagt die Punkerin.

Jochen gibt sich einen Ruck und dem Mädchen das Zwei-Mark-Stück. Ohne sich zu bedanken, schlendert sie davon.

Soviel Unhöflichkeit. Jochen ist pikiert. »Schönen Dank auch, ne ... Junge, Junge.«

Ein fröhliches Liebespaar verläßt die Telefonzelle. Jochen geht hinein, wartet, bis die Tür sich geschlossen hat. Er braucht Ruhe. Und keine Zeugen.

Er schlägt die Zeitung auf, die Doppelseite mit den Kontaktanzeigen. Eine davon hat er bereits mit dem Kugelschreiber eingekreist. Schnell wirft er zwei Groschen in den Telefonapparat, wählt die Nummer. Doch vor der letzten Ziffer macht er eine Pause: Noch kann er den Hörer wieder einhängen, und nichts ist gewesen. Aber deshalb ist er nicht nach Berlin gekommen. Entschlossen drückt er die letzte Ziffer. Der Ruf geht raus, Jochen beißt sich auf die Unterlippe, blickt sich noch mal vergewissernd um. Niemand, der ihn beobachtet.

Eine sanfte Frauenstimme: »Ja, bitte?«

Jochen holt tief Luft, wagt aber nicht zu sprechen.

»Hallo?!« Die Frauenstimme klingt forscher. »Na, nich' so schüchtern.«

Jochen quält sich. Der Mut hat ihn verlassen.

»Kannst ja noch mal anrufen, wenn du sprechen gelernt hast.«

Jochen läßt den Hörer resigniert sinken.


Kartentelefon, Flughafengebäude. Peschke hat die Nummer gewählt, die auf Feliz' Briefumschlag steht, der Ruf geht in die Nacht.

Der Junge schaut scheu zu seinem neuen Bekannten hinauf.

Peschke deutet auf den Hörer. »Father, ja? Father. Vater. Padre, he? Padre?«

Feliz schüttelt den Kopf.

»No? Afrika, ja? Padre Afrika? Eltern Afrika?«

Feliz nickt. Peschke tätschelt gönnerhaft die Wange des Jungen. Niemand meldet sich.

»Und er hier, wer ist er?« Peschke deutet auf den Briefumschlag mit Namen und Adresse. »Freund? Amigo?«

Feliz zuckt erst mit den Schultern, nickt dann zaghaft.

»Scheint dich zu versetzen, der Amigo.« Peschke sieht sich ungeduldig um, blickt auf seine Armbanduhr. »Mein Gott, was mache ich denn hier schon wieder?« Er hängt den Hörer ein, beugt sich zu Feliz herunter. »Ich hab keine Zeit. Hör mal zu ... no tener tiempo, comprender?« Er reicht dem Jungen einen 10-Mark-Schein. »Okay? Esperar amigo.« Und eilt davon.

Feliz sieht dem Mann hinterher. Dann betrachtet er den Geldschein.

Eine Handvoll Markstücke werden auf die Theke des Bahnhofkiosks gelegt. Die rothaarige Punkerin bekommt dafür von der Verkäuferin eine nullsiebener Flasche Korn und eine Tafel Schokolade.

»Hier, dein Abendbrot.«

Jochen steht hinter dem Mädchen am Kiosk, schaut konsterniert auf die Flasche.

»Fahr die Augen ein, Alter«, blafft Stummel ihn an und zieht mit der Rothaarigen ab. Jochen sieht den beiden nach. »Junge, Junge, Junge ...«

»Na Süßer, und du?« reißt ihn die Verkäuferin aus den Gedanken.

Jochen zögert, kann sich wohl kaum erinnern, schon mal so angesprochen worden zu sein. Deutet dann auf eine Reihe von Flachmännern. »Einen ... einen von den kleinen Weinbrand, bitte.«

Erst mal 'n kräftiger Schluck aus der Flasche. Bißchen Mut antrinken. Dabei sieht er einen korpulenten Taxifahrer. Der Mann steigt in seinen Wagen, wartet auf Kundschaft.

Gerade als Jochen zu dem Taxi gehen will, tritt ihm ein Zeitungsverkäufer mit seinem auswendig gelernten Spruch in den Weg. »Guten Abend. Kennen Sie schon unsere Obdachlosenzeitung? Das ist die Sonderausgabe zum Papstbesuch. Kostet zwei Mark. Eine Mark ist für mich, und die andere Mark geht in unser Notprojekt, mit Dusche und Waschmaschine ... Is für 'ne gute Sache.«

»Weiß schon.« Jochen ist da mittlerweile skeptisch. Er kramt aber doch in seinem Portemonnaie, gibt dem Mann dann ein Zwei-Mark-Stück. Der klopft Jochen auf die Schulter. »Bist 'n feiner Kerl. Seh ich sowas.« Und geht einfach weiter, mit dem Packen Zeitungen unterm Arm, ohne Jochen ein Exemplar gegeben zu haben.

»He, die ... die Zeitung?!«

Aber der Verkäufer kommt nicht zurück.

Jochen bemerkt einen Akkordeonspieler, der schon die ganze Zeit spielt. Und da er das Portemonnaie immer noch in der Hand hält, wirft er dem Straßenmusiker eine Mark in den Akkordeonkasten. Auch egal jetzt.

Endlich kommt er dazu, ins Taxi zu steigen.

»'n Abend.«

»'n Abend. Wo soll et hinjehn?«

»Also ... Sie wissen doch bestimmt ... wo hier ... wo hier wat los ist. So richtig, ne.«

»Wo hier wat los is. Du machst mir Spaß, Kumpel. Wat haste dir denn vorjestellt? Kneipe? Schwoofen?«

»Nee ... Jetzt nicht so direkt. Ick meine jetzt also, wo ... Ja. Sie wissen schon ...«

Das hat der Taxifahrer auch noch nicht erlebt. »Wat soll ick wissen? Bin ick Hellseher?«

»Ick meine jetzt also, wo man ... Mein Gott, wo man ... Jemand kennenlernen kann, nich?«

Endlich ist es raus, und der dicke Taxifahrer hat keine Mühe zu begreifen. »Oh Mann. Sag dit doch gleich. Ick dachte schon, du willst zum Papst ...« Grinst und fährt los. »Allet biologisch, sage ick immer. Wenn dir die Olle zuhause nich ranläßt ...«

Er schnuppert. »Bist nich von hier, wa?«

»Zippelsförde.«

»Zippels ... wat?«

»Norden. Neuruppin in der Nähe.«

»Machst 'n da?«

»Bauernhof«, antwortet Jochen in der überaus gesprächigen Art eines Norddeutschen.

»Ick hab ma schon jewundert, wat hier so nach Kuh schnuppert ...« Der Taxifahrer lacht herzhaft, bemerkt dann aber, daß er dem ohnehin schon recht zurückhaltenden Fahrgast vielleicht ein bißchen zu nahe getreten ist: »'tschuldigung, Kumpel. Haste dir ja 'nen weiten Weg gemacht, extra.«

»Wenig los, da oben«, sagt Jochen, will aber nicht mißverstanden werden. »Also, kulturell jetzt, nich.«

»Brauchst 'n bißchen Abwechslung von deine Kühe, wa? Mal 'ne andere Kuh an 't Euter fassen ...« Jochen kann das gar nicht lustig finden, der Fahrer lacht dafür um so lauter über seinen Witz. Dann grüßt er ein entgegenkommendes Taxi.

Der Wagen auf der anderen Straßenseite erwidert den Gruß mit Lichthupe. Fährt an den Rand und hält.

Victor hat das Taxi herangewinkt. Hanna steigt ein, Whiskas gleich hinterher.

Der junge, türkische Fahrer hat so seine Erfahrungen mit Tieren im Auto. »Hunde nehme ich eigentlich nicht mit.«

»Is aber 'n piekfeines Tier«, versichert Victor.

»Wenn er die Polster dreckig macht, dann kostet das extra.«

»Wir können ja wieder aussteigen.« Hanna ist schon wieder bedient.

»Wo soll 's denn hingehen?«

Victor beugt sich zum Fahrer vor. »Ins Hotel bitte.«

»Welches Hotel?«

»Egal. Wo man piekfein übernachten kann.«

»Könnte schwierig werden, heute.«

»Man wird ja wohl noch 'n Zimmer kriegen, oder was!« mischt Hanna sich ein.

»Ich hab keine Ahnung, der Papst ist in der Stadt. Die Stadt ist voll. Die Leute kommen von sonstwo her.«

»Mann, was interessiert uns der Papst«, fällt ihm Hanna ins Wort. »Jetzt fahr endlich los. Und peil was Anständiges an.«

Der Fahrer, vorsichtig: »Krieg dann 20 Mark im voraus. Wird am Ende natürlich verrechnet.«

»Sag mal, glaubst du, wir haben keine Kohle?« Victor läßt sich ja allerhand unterstellen, aber nicht Hochstapelei.

»Ich hab da so meine Erfahrungen ... Deshalb sage ich das.«

Jetzt reicht es Hanna: »Erfahrungen? Ey, du Wichser! Hältst dich wohl für was Besseres, oder was?«

»Sie meint ...«, versucht Victor einzulenken. Aber Hanna schreit schon den Fahrer an: »Denkst wohl, wir sind auf dich und deine beschissene Karre angewiesen!«

Ankunftsschalter im Flughafengebäude. Peschke läuft herum und versucht, durch die Tür in den Sicherheitsbereich zu schauen. Müßten doch vielleicht noch Japaner kommen. Er zupft an der Plastikfolie der Begrüßungsorchidee, um sie wieder in einen möglichst ordentlichen Zustand zu bringen. Ein Zollbeamter sperrt den Sicherheitsbereich ab. Peschke beginnt zu begreifen. »Sind denn alle schon raus?«

»Feierabend.«

»Ach ...«, Peschke läßt die Arme sinken.

Feliz steht ganz in der Nähe, schaut sich nach wie vor suchend um. Dabei fällt sein Blick auf einen Anstecker, der auf dem Boden liegt. Er hebt ihn auf, betrachtet das Bild: Ein kleines buntglänzendes Porträt des Papstes. Er steckt es ein. Dann schaut er zu Peschke, der mit hängenden Schultern den Ankunftsbereich verläßt, und Feliz geht ihm einfach hinterher. Peschke bemerkt den Jungen, als der dicht hinter ihm ist. Bleibt stehen, dreht sich um. »Was soll 'n das nun wieder? Hab ich dir gesagt, du sollst mir hinterher rennen, oder was?«

Feliz gibt ihm den Briefumschlag mit der Adresse und der Telefonnummer.

»Ja, na und? Was soll ich 'n damit? Kennen wir doch, diesen blöden Zettel.« Aber er hat ihn schon in die Hand genommen. »Kastanienallee, na ja ... Müßte doch eigentlich auf meiner Strecke liegen, oder?«

Dann sitzen die beiden im Parkhaus in Peschkes silbernem BMW, ein älteres Baujahr, nicht mehr ganz so modern, angegraut, wie Peschke selbst. Feliz beobachtet vom Rücksitz, wie Peschke mit einem Stadtplan kämpft, der sich einfach nicht wieder zusammenfalten lassen will.

»Siebenmal Kastanienallee. Siebenmal! Und wo ist deine? In Hellersdorf! Weißt du, wo das ist, Hellersdorf? Warum wohnt dein Kumpel nicht gleich in Oberbayern, he?«

Er schmeißt den Stadtplan resigniert auf den Beifahrersitz. Dabei sieht er, wie Feliz per Knopfdruck das Fenster am Rücksitz hoch- und runterfahren läßt.

»Pfoten weg da, hast du gehört!«

Feliz begreift nicht, und Peschke muß wieder sein spärliches Spanisch bemühen. »Cerar ... Ventana! Na los, zu das Fenster!«

Feliz versteht wohl eher das Gebaren als die Worte. Schließt das Fenster.

»So, und was mache ich jetzt mit dir?« Peschke fragt mehr sich selbst. »Rausschmeißen müßte man dich. Einfach wieder rausschmeißen.«

Aber er startet den Wagen und fährt los. »Kannst von Glück reden, daß es solche gutmütigen Vollidioten wie mich gibt, die nichts weiter zu tun haben, als mit irgendwelchen Negerbengeln nachts 'ne Stadtrundfahrt zu machen. Hellersdorf!«

Das Taxi mit Jochen hält. Auf der gegenüberliegenden Straßenseite schlendern ein paar Huren hin und her.

»Zweiunddreißigzwanzig. Haufen hübsche Mädchen hier. Find'ste bestimmt wat Passendes.« Am liebsten würde der Taxifahrer selbst aussteigen.

Jochen zieht ein Bündel Hundertmarkscheine aus der Jackentasche. »Fünfunddreißig.«

»Oh Mann, hastet nich' größer?« stöhnt der Taxifahrer, nimmt einen Hunderter, gibt Jochen Wechselgeld zurück. »Wünsch noch 'nen schönen Abend.«

»Gleichfalls. Tschüß.« Jochen steigt aus.

Er bemerkt nicht das Mädchen, das ihn bereits beobachtet hat, besonders als er das Bündel mit den Geldscheinen in der Hand hielt. Es ist höchstens achtzehn. Schmales, blasses Gesicht, gepiercte Lippen.

Kaut an einem Apfel und hat die Kapuze der Trainingsjacke über den Kopf gezogen.

Jochen guckt zu den aufgestylten Frauen auf der anderen Straßenseite. Geht dann aber ein paar Schritte weiter, um einen kleinen Plastikkamm aus der Hosentasche zu ziehen und sich möglichst unbeobachtet zu kämmen.

»Willste ficken?«

Jochen erschrickt, verbirgt im Nu den Kamm und dreht sich um. Vor ihm das blasse, gepiercte Mädchen.

»Was?«

»Siehst aus, als wenn du was zum Ficken suchst.«

»Also, wie ... Wie kommst du denn darauf?«

»50 Blasen. 80 Verkehr. Sonderwünsche extra. Mit Gummi und ohne Fesseln.«

»Also ... Ich wollte eigentlich nicht ... Jedenfalls nicht ...«
Er kommt nicht zum Weiterreden. Das Mädchen wird von einem gedrungenen, kräftigen Mann gepackt und weggezerrt.

»Hey, was soll das? Laß mich los.«

»Such dir was anderes«, ruft der Zuhälter Jochen zu.

Das Mädchen wehrt sich heftig. »Ich hab ihn doch nur nach Zigaretten gefragt.«

»Halt die Klappe! Ich hab dir schon mal gesagt, du sollst hier verschwinden.«

»Laß mich los, verdammt. Verdammt noch mal, laß mich los ...«

Erstaunt schaut Jochen den beiden nach, wie sie in einem Hauseingang verschwinden.

Wenig später kommt der Zuhälter wieder heraus, zündet sich eine Zigarette an, zieht ab.

Jochen blickt sich um, niemand sonst scheint sich noch für den Vorfall zu interessieren. Er geht zum Hauseingang. Wirft einen vorsichtigen Blick durch die offenstehende Tür. Sieht das Mädchen in einer Nische stehen. Mit dem Handrücken wischt sie sich Blut von der Nase. Jochen geht langsam auf sie zu.

»Haste dich endlich entschieden?« Das Mädchen ist so offensiv, daß Jochen schon wieder überrascht ist.

»Alles in Ordnung?«

»Das geht dich nichts an, okay?« Sie wischt sich mit einem Papiertaschentuch ein paar Tränen und den Rest Blut aus dem Gesicht.

»Na ja. Ich dachte nur ...« Jochen wendet sich zum Gehen. »Schon gut, nich' ...«

»Also was ist jetzt?«

Ihr Blick, hilflos, zugleich herausfordernd, lauernd. Traurige Augen. Jochen ist unentschlossen, aber auch zunehmend angezogen von dem Mädchen.

Peschkes Wagen fährt durch das mittlerweile nächtliche Berlin. Feliz schaut mit wachen Augen auf die grellen Lichter der Geschäfte, die hohen Häuser.

Peschke beobachtet ihn von Zeit zu Zeit im Rückspiegel. Er hat sein Handy am Ohr. »Bei Ihnen hat sie sich auch nicht gemeldet ... Na ja, die Japaner. Normalerweise kann man ja nach denen die Uhr stellen, nicht wahr?«

Er versucht ein Lachen über den eigenen Scherz, hört abrupt auf. »Brainstorming, bei Ihnen morgen ... Ja, okay ...« Und fügt in servilem Ton hinzu: » Sie können mich selbstverständlich anrufen lassen, wenn sie sich noch meldet ... Und schönen Abend noch, Doktor Schneider, ja ... Wiederhör'n.«

Peschke dreht sich kurz zu Feliz um, erklärt: »Doktor Schneider, mein Chef! Der Boß, capito? Häuptling. 35 Jahre und schon ganz oben an der Spitze, mein Lieber. Der würde seine Zeit nicht so verplempern wie ich hier.« Peschke schüttelt den Kopf über seine Dummheit. Feliz versteht sowieso kein Wort, schaut aus dem Fenster und sagt keinen Ton. Peschke dreht sich abermals zu seinem stillen Fahrgast um: »Im Fernsehen hab ich mal 'nen Schwarzen gesehen, der konnte sprechen ...«

Feliz schweigt weiter.

»Verstehe, bei euch verständigen sie sich mit Rauchzeichen.«

Plötzlich aber kann Peschke sich ein bißchen freuen. »Hier hat 's geknallt. Siehste, hier hat 's geknallt ...« Er lacht. Gut, wenn auch mal ein anderer den Schaden hat.

Feliz reckt seinen Hals. Er sieht die beiden Unfallwagen, aber nicht Ricardo.

Der streitet mit der Polizistin, die den Unfallhergang protokolliert. Sein Auto hat vorn eine mächtige Delle, der andere Wagen einen verbeulten Kofferraum.

»Sie hatten es eilig und waren deshalb unaufmerksam?«

Ricardo verzieht das Gesicht. »Ich habe Ihnen das alles erzählt.«

»Sie müssen begreifen, daß wir den Unfallhergang genau erfassen müssen. Schon aus versicherungstechnischen Gründen.«

»Am Flughafen wartet ein Kind, verstehen Sie? Alleine. Ich muß es abholen.«

»In Deutschland kommt niemand abhanden.« Die Polizistin füllt weiter ihr Formular aus.

Während Hanna und Victor vorüberlaufen. Victor redet auf Hanna ein: »Es gab echt keinen Grund, sich aufzuregen. Er wollte doch bloß sehen, ob wir Kohle haben.«

»In die Hose geschissen hat er sich. Seine Polster ...«

»Wir hätten ihm die Kohle gegeben, und alles wäre okay gewesen.«

»Glaubst du, er hätte das mit einem stinknormalen Fahrgast auch gemacht?«

»Tja, sieht man uns eben nicht an, die Mordskohle.« Victor bleibt stehen und nimmt einen ordentlichen Schluck aus der Pulle. Hanna dreht sich nach ihm um. »Ich will behandelt werden wie jeder andere auch, klar?«

»Klar. Und deshalb latschen wir hier rum, statt schön gemütlich ins Hotel zu fahren. Mann oh Mann!«

Verstimmtes Schweigen. Sie unterqueren eine Brücke. Graffiti und halb zerfledderte Plakate an den Wänden. Spärliches Laternenlicht. Auf der Straße rauscht der Verkehr, über ihnen donnern die Züge, ganz oben ein Flugzeug.

Hanna muß sehr laut sprechen, als sie das Thema wechselt. »Haste gesehen, was für beschissene Schuhe der Typ anhatte?«

»Wer?«

»Na, der Taxifahrer.«

»Nich schon wieder!«

»Runtergelatschte schwarze Halbschuhe, vorne ge-
flochten ...«

»Na und?«

»Na würdest du dir Schuhe kaufen, die vorne ge-
flochten sind? Würdest du nicht. Die sind was für
Schweißfüße. Für irgendwelche Bürohengste und Typen, die noch nie was von richtiger Arbeit gehört haben. Und weißte, warum? Gehen sofort aus den Näh-
ten, die feinen Dinger.«

Victor läßt sich von Hannas Theorie nicht trösten.
»Und ich latsch hier rum. Mann oh Mann.«

»Guck den Leuten doch mal 'n bißchen auf die Schuhe. Kannste was bei lernen. Haste zum Beispiel schon
mal darüber nachgedacht, warum manche Frauen
hochhackige Schuhe tragen? Du findest das natürlich
nur geil, aber überleg mal 'n bißchen genauer, was
das Besondere daran ist.«

Victor hat keine Lust, sich darüber Gedanken zu machen. Hanna referiert unbeirrt weiter: »Na, das Ge-
räusch natürlich. Klack, klack, klack – jeder Ton sagt
dir: Da kommt 'ne Frau. Und zwar nicht irgendeine,
sondern eine mit schönen Beinen, die sie auch vor-
zeigt. Brauchst nicht mal hinzugucken, schon haste 'n
Rohr.«

Hanna scheint inzwischen egal zu sein, ob Victor ihr
zuhört oder nicht. Gestikulierend läuft sie die Straße
entlang, während er sich immer wieder nach einem
Taxi umschaut.

»Oder die Typen mit den spitzen Cowboystiefeln.
Ganz cool und ganz lässig ... Und in Wirklichkeit 'n
paar durchgeknallte Spießer, die 'n bißchen zuviel

Zigaettenwerbung gesehen haben ... Die Schuhe sind so lang, wie sie ihren Schwanz gern hätten ...«

»Hanna!«

Sie dreht sich überrascht um. Victor steht an einem Taxi, hat die hintere Tür bereits geöffnet, zeigt stolz auf das Fahrzeug. Hanna lächelt, ruft Whiskas.

Der Hund springt prompt ins Auto. Beginnt sofort, die Polster zu beschnuppern.

»Oh Mann!« stöhnt der Taxifahrer. Es ist der dicke Berliner, der Jochen, den Bauern aus Zippelsförde, zum Straßenstrich gebracht hat.

Jochen betritt mit dem blassen, gepiercten Mädchen eine plüschige Kneipe mit Kunstblumen und Sprelacart-Tischen. Ein Spielautomat dudelt vor sich hin.

»Hi«, sagt das Mädchen zu der blondierten Fünfzigerin hinterm Tresen, die mit einem vertrauten, freundlichen »Hallo« antwortet.

Jochen, höflich: » 'n Abend.«

» 'n Abend. Ihr bekommt 'n Zimmer?«

»Ja«, antwortet das Mädchen, »für 'ne halbe Stunde.«

Die Frau zu Jochen: »Zwanzig Mark bekomme ich von Ihnen bitte.«

Jochen zahlt, während das Mädchen einen verstohlenen Blick in seine Brieftasche wirft.

»Auf Zimmer 3 geht ihr bitte.«

Jochen folgt dem Mädchen, das im Vorbeigehen noch den Hund der Wirtin streichelt und ein gleichgültiges Gesicht macht. Der Flur zu den Zimmern beginnt gleich hinter dem Schankraum. Es ist ein langer, düsterer Gang. Schmale Türen an beiden Seiten.

»Ich bin Jochen, übrigens.«

»Patty.«

Sie geht voran ins Zimmer. Schaltet das Neonlicht an, das Jochen den letzten Rest eines guten Gefühls raubt. Er blickt sich verunsichert um: Das schmale Bett, nur mit einem Spannlaken und einem Kopfkissen bedeckt, zwei Rollen Zewa-Wisch&Weg, ein Waschbecken. Vorm Fenster eine alte, graue Decke. Über dem Bett ein halbrunder, roter Ölsockel. Abwaschbar.

Patty befühlt die Heizung. »Scheiß Kälte hier.« Wendet sich dann Jochen zu: »Erst die Kohle. Mit Ausziehn zwanzig extra. Irgendwelche Sonderwünsche?«

»Nö«, sagt Jochen kaum hörbar. Reicht Patty einen Hundertmarkschein.

»Ich weiß gar nicht, ob ich zwanzig klein habe ...« Patty tut so, als würde sie in ihrer Hosentasche nach Wechselgeld kramen.

Jochen winkt ab. »Schon in Ordnung, nich ...«

»Danke.« Sie steckt den Hunderter ein. Beginnt, sich auszuziehen. Schweigen. Und das Surren des Neonlichtes in dem kleinen, sterilen Raum.

»Willste dich nicht ausziehn? Halbe Stunde is schnell rum.«

Jochen steht wie angewurzelt. »Die Kondome haben die mir jetzt geklaut, nich ...«

Patty zieht einen verpackten Kondom aus ihrer Hosentasche, legt ihn auf 's Bett. Aber Jochen rührt sich immer noch nicht von der Stelle. Sie geht zu ihm. Viel kleiner ist sie als er, kindlicher, zarter. Und doch erwachsener. Kühle, distanzierte Sicherheit.

»Na, komm her.« Sie zieht Jochen die Jacke aus. Kniet

sich vor ihn hin, öffnet mit geübtem Griff seine Hose. Jochen zuckt kurz, kämpft mit sich.

»Hör auf.«

»Scheiße, zu kalt, was?« Patty pustet in ihre Hände.

»Nein, nein ...« Weitere Worte findet Jochen nicht.

»Doch Sonderwünsche?«

Jochen schüttelt den Kopf.

»Na also.« Patty greift in Jochens geöffnete Hose. Der aber hält ihre Hände fest. »Ich kann das nich.«

Sie setzt sich auf 's Bett. »Was' denn los?«

»Tut mir leid.«

Jochen will das Zimmer verlassen. Aber Patty ist schneller, stellt sich ihm in den Weg. »Hey, bleib hier. Du hast bezahlt, also wirst du auch anständig bedient. Okay?«

»Ich will dat nich.« Und nach einem Moment Pause: »Du bist noch 'n bißchen jung, ne?«

»Achtzehn«, erwidert Patty, ohne zu zögern. Sie sieht jünger aus mit ihrem blassen Kindergesicht.

Jochen weiß nicht weiter. »Und dann diese Bude hier ...«

»Sowas wie dich hab ich echt noch nicht erlebt. Drückst die Kohle ab und dann?« Sie läßt sich auf 's Bett fallen, schaut auf die Uhr, massiert ihre Füße. »Noch zwanzig Minuten. Scheiß Kälte.«

»Zwanzig Minuten. Dat is so ...«

»Zahlst nach, können wir länger.«

»Nein, nein. Dat mein ick nich. Dat ... is nur nichts für mich.« Er öffnet die Tür, will hinausgehen.

Aber Patty hält ihn erneut zurück.

»Ich mach dir 'n Angebot. Du legst nochmal fünfhundert drauf und hast mich für die ganze Nacht. Ich zeig dir alles. Wohin du willst und was du willst. Okay?«

Jochen sieht sie erstaunt an. Er überlegt.

Das Taxi mit Victor, Hanna und Whiskas auf dem Rücksitz rollt durch die nächtlichen Straßen. Der Fahrer beobachtet die drei von Zeit zu Zeit im Rückspiegel. Victors besorgter Blick gilt dem Taxometer, das bereits über 12 Mark anzeigt.

Hanna schaut aus dem Fenster, krault abwesend Whiskas. Victor sieht ihre rissige Hand. Er nimmt und streichelt sie. Hanna läßt es geschehen, sieht weiter aus dem Fenster. So fahren sie eine Weile.

Als Victor seinen Arm um Hannas Schultern legen will, wehrt sie genervt ab. Dann schaut sie wieder aus dem Fenster. Victor sieht enttäuscht auf der anderen Seite zum Fenster hinaus.

Der Taxifahrer hält vor einem Hotel, schaltet das Taxometer aus. »Siebzehnmarkzehn macht dit. Meist noch wat frei hier. Braucht ihr 'ne Quittung?«

Hanna, mit unwirschem Blick: »Nee.«

Victor reicht einen Zwanzigmarkschein. »Hier. Stimmt so.« Hanna erstarrt vor so viel Großzügigkeit.

Aber Victor steigt aus, betrachtet in Vorfreude das Hotel.

Das Taxi fährt weiter. Hanna insistiert. »Sag mal, spinnst du? Sind wir jetzt Dukatenscheißer, oder was? Schmeißt dem Fettsack die ganze Kohle in den Rachen ...«

Victor läßt sich jetzt nicht wieder die gute Stimmung versauen. »Komm jetzt. Und laß das Vieh draußen, ja.«

Daß Whiskas Vieh genannt wird, trifft nicht gerade auf Hannas Zustimmung. »Whiskas kommt mit.«

Victor streichelt ihre Wange. »Hanna! Bis wir die Bude sicher haben, ja?«

Hanna überlegt. Lenkt schließlich ein. »Schön hier warten«, sagt sie zu Whiskas. »Wir kommen gleich zurück.«

Whiskas bleibt ohne den Anflug eines Knurrens vor dem Hotel zurück, sieht den beiden nach.


Die automatische Tür zum Hotel öffnet sich für Hanna und Victor. Sie gehen über große, helle, sauber glänzende Fußbodenfliesen. Victor nimmt seine Wollmütze ab. Noch eine automatische Tür, bevor sie im Foyer sind. Moderne Designermöbel. Auch Hanna zieht jetzt ihre Mütze vom Kopf.

»Guten Abend«, empfängt sie die junge Dame von der Rezeption. »Sie wünschen?«

»Ein Zimmer hätten wir gern«, sagt Victor.

»Zwei Personen? Wie lange?«

Victor wundert sich etwas über die Frage. »Bis morgen früh.«

»Eine Nacht also.« Die junge Dame klappert energisch auf ihrer Computertastatur. »Sie haben Glück. Da wurde eine Buchung storniert. Zimmer 314. Wenn Sie das dann bitte ausfüllen würden.« Sie reicht Victor ein Anmeldeformular und einen Stift dazu.

Victor beginnt zu schreiben.

»Inklusive Frühstück wären das dann 180 Mark für eine Nacht.«

»Ein-hundert-achtzig Mark?« Victor legt den Stift

beiseite. Hanna blickt überrascht zu ihm, dann auf die Frau von der Rezeption.

»Sie können sich das Zimmer gerne anschauen. Wenn Sie möchten.« Die junge Dame ist unverändert höflich, aber auch nicht gerade überrascht von der Wendung der Situation. Einen silbern glänzenden Schlüssel legt sie für Hanna und Victor auf den Tresen. Ganz sachlich. Immer gute Miene. Die beiden aber rühren den Schlüssel nicht an.

Peschkes Auto rollt langsam an Hellersdorfer Plattenbauten entlang. Feliz schaut zu den wenigen erleuchteten Fenstern an den endlosen Betonfassaden hinauf. Haus an Haus, alles irgendwie gleich.

»Schwierige Sache, wirklich schwierige Sache.« Peschke redet mit sich selbst. »Aber nich für Peschke, nich wahr? Findet den Hafen bei Nacht und Nebel ... Kastanienallee 69. Haha. Na siehste, Doktor Schneider, da sind wir schon. Na, wie hat Peschke das gemacht?« Er dreht sich zu Feliz um. »Endstation.«

Peschke hält an. Steigt aus, schaut sich um. Fahles Laternenlicht in der Dunkelheit. Hundebellen. Hallende Schritte und Stimmen. »BFC«, grölt jemand von irgendwoher und erhält von irgendwoher die Antwort: »Ej, du Arsch.«

»Nie wieder Faschismus!«, steht in weißer Farbe an der Hauswand der Nummer 69.

»Nette Gegend hier«, stellt Peschke fest.

Feliz schaut an den Fenstern des Hauses hinauf. Das Haus will nach oben hin kein Ende nehmen.

Peschke stiefelt zur Eingangstür. Die aber ist verschlossen. Peschke betrachtet die endlose Reihe von

Klingelknöpfen neben der Tür. »Ach du Scheiße. Deshalb lieb ich ja Villen.«

Er wendet sich an Feliz. »Nombre? What's the nombre, amigo, hä?«

Peschke fällt ein, daß er ja den Zettel in seiner Manteltasche hat. Er zieht ihn heraus, liest. Versucht, den Namen auf der Klingeltafel zu finden. »N-du-a-di-ki, Nduadiki. Hm, da. Nduadiki. 10/1, muß das Stockwerk sein ... 10/1 ...«

Zwei Kurzgeschorene in Bomberjacken sind herangekommen. Mit Seitenblick auf Feliz schließen sie die Tür auf, gehen ins Haus. Feliz hält die Tür fest. So können er und Peschke ebenfalls hinein.

Die beiden dicken, aber kräftigen jungen Männer betreten den Fahrstuhl. Feliz folgt ihnen ohne Furcht. Peschke will den Jungen zurückhalten, aber es ist schon zu spät.

Die Enge in dem mit allen möglichen obszönen Zeichen und Schriftzügen verzierten Fahrstuhl ist Peschke ziemlich unangenehm. Die Glatzen nebeln den Raum mit ihrem Zigarettenqualm ein, mustern herablassend Feliz, aber auch Peschke, der betont hustet, aber nicht wagt, etwas zu sagen. Bedrohlich pusten die Typen ihren Qualm in Feliz' Richtung. Der Junge weiß die Situation nicht zu deuten. Fragend schaut er zu Peschke hoch, für den die Sekunden zu Stunden werden.

Als die beiden Männer schließlich ausgestiegen sind, atmet Peschke erleichtert aus und wedelt mit der Hand den Rauch vor seinem Gesicht beiseite.

Wohnungstür von Ricardo Nduadiki. Einer dieser endlosen Hochhausflure. Tür an Tür. Irgendwo schreit ein Baby, der Wind heult im Fahrstuhlschacht. Zum wiederholten Mal drückt Feliz jetzt auf den Klingelknopf, wartet, dreht sich ratlos zu seinem Begleiter um.

Peschke hält es nicht mehr vor der Tür. »Natürlich ist niemand da!« Er geht fluchend und händeringend zur Tür der Nachbarwohnung, klingelt dort.

»Ja?« meldet sich eine ängstliche Frauenstimme.

»Hallo!« Peschke bemüht sich um einen höflichen, vertrauenerweckenden Ton. »Entschuldigen Sie bitte die Störung, ich möchte Sie etwas fragen.«

»Bitte?«

»Es geht um Ihren Nachbarn. Hier ist nämlich ein Kind, das gehört zu ihm.«

Die Tür wird von innen geöffnet. Eine alte Frau schaut durch den Türspalt, der gerade so groß ist, wie die Sicherungskette es zuläßt.

»Wissen Sie, wann Herr Nduadiki nach Hause kommt?«

»Der wohnt nebenan.«

»Ja, das weiß ich. Aber wann kommt er nach Hause?«

»Keine Ahnung.«

»Hier ist nämlich ein Junge, und der gehört zu ihm.«

»Der ist Koch, kommt immer spät«, erklärt die alte Frau und schließt ihre Tür.

Feliz schaut sich in dem hellen, unwirtlichen Hausflur um. Peschke nickt resigniert vor sich hin.

Als er das Hochhaus wieder verläßt, hat sich seine Stimmung in Wut verwandelt. »Natürlich. Natürlich fahr ich mir mein Profil von den Reifen und opfere meine kostbare Zeit! Soll'n sich doch die Verwandten von dem Bengel 'nen netten Abend machen. Wozu gibt es denn solche Vollidioten wie den Hendrik Peschke, nicht wahr. Hab ja auch nichts anderes zu tun.« Peschke dreht sich zu Feliz um, der ihm mit einigen Metern Abstand folgt. »Du bleibst hier und wartest. Comprender?«

Feliz bleibt stehen. Peschke will in seinen Wagen steigen.

»Hallo! 'Am Oranienplatz', so heißt die Kneipe, in Kreuzberg. Da arbeitet er.«

Die Stimme der Nachbarin hallt in die Nacht. Sie steht da ganz oben auf ihrem Balkon, schaut zu Peschke und Feliz hinunter.

»Vielen Dank!«, ruft Peschke freundlich zurück.

»Mir doch scheißegal«, sagt er dann zu sich und steigt in seinen Wagen. Dabei bemerkt er, daß er den Schlüssel hat steckenlassen. Wieder ein Grund, über sich den Kopf zu schütteln.

U-Bahnhof. Victor fährt die Rolltreppe hinab zum Bahnsteig, Hanna läuft mit Whiskas parallel auf der Treppe, redet auf Victor ein: »Komm, wir steigen irgendwo ab und machen die Mücke morgen früh.«

»Wir machen keine krummen Dinger.«

»Und wenn 's überall soviel kostet? Aber um das zu checken, rennen wir ja erst mal durch die ganze Stadt.«

»Taxe ist zu teuer«, verteidigt sich Victor.

»Mußtest ja dem Fettsack auch unbedingt die ganze Kohle in den Rachen schmeißen.«

»Immer mit der Ruhe. Wird schon.«

»Wird nicht.«

Die U-Bahn fährt ein. Vier Nonnen steigen aus. Hanna drängt sich ins Abteil. »Wollte jetzt eigentlich in 'ner heißen Wanne liegen, Champus trinken und so. Statt dessen stehen wir auf 'm pissigen Bahnhof, steigen in 'nen pissigen Zug ein zu 'nem andern pissigen Bahnhof.«

»In Mitte ist ein Hotel am andern. Findet sich was, glaub mir ...«

»Ja, 'n Bahnhofsklo wahrscheinlich.«

»Macht richtig Spaß mit dir, weißte.«

»Guten Abend, die Fahrausweise bitte!« Ein Beamter der BVG wird von zwei Sicherheitsleuten begleitet.

»Mann, hier bleibt einem aber auch gar nichts erspart«, stöhnt Hanna.

Der Kontrolleur und seine Begleiter kommen näher.

»Whiskas: Ein Kontrolleur ...«, erklärt Victor dem Hund. Der Kontrolleur ist inzwischen bei ihnen angekommen.

»Wenn Sie dann auch so freundlich wären.«

»Ja, bitteschön.« Victor zieht seine Monatskarte aus dem Portemonnaie, reicht sie rüber.

»Danke. Ist das Ihr Hund?«

»Ja.« Victor ist die Höflichkeit in Person. »Ist 'n piekfeines Tier.«

»Das nächste Mal angeleint und mit Maulkorb. Ist Vorschrift.«

Nun, da es um Whiskas geht, muß Hanna sich einmischen: »Whiskas beißt nicht. Nur wenn er jemand nicht riechen kann ...«

»Darf ich mal Ihren Fahrausweis sehen?« Der Kontrolleur läßt sich nicht beirren.

Hanna kramt in ihrer Plastiktüte, in den Taschen ihrer Daunenjacke. »Hast du meine Ausweishülle?« fragt sie Victor.

»Was soll ich mit deiner Ausweishülle?«

Der Kontrolleur setzt sich den beiden gegenüber. »Wir haben Zeit.«

»Scheiße, ey. Meine Monatskarte. Muß ich irgendwo liegengelassen haben ...«

»Ohne gültigen Fahrausweis bekomme ich 60 Mark von Ihnen.« Der Kontrolleur zückt seinen Quittungsblock, während sich die beiden Sicherheitsleute seitlich von Hanna und Victor aufbauen und auf sie herab grinsen.

»Sie fährt nicht schwarz«, erklärt Victor. »Wir kriegen die Karten vom Sozialamt.«

»Ich bekomme entweder 60 Mark oder 'nen Ausweis zu sehen.«

»Mann, die war doch noch grade da. So 'ne kleine Hülle mit Ausweis, Monatskarte ...«

»Kreditkarte«, fügt einer der beiden Sicherheitsleute spöttisch hinzu.

Hanna reagiert sofort. »Hehe, Freundchen! Was soll das denn jetzt?«

Der Kontrolleur: »Wenn Sie sich nicht ausweisen können, muß ich Sie bitten, mit auszusteigen.«

Aber Hanna ist mit den Sicherheitsleuten noch nicht fertig. »Sollte das 'ne Beleidigung sein, oder was?«

»Ist ja gut«, erwidert einer von denen, weiter grinsend.

Die U-Bahn hält. Victor will die Situation bereinigen: »Schwarz zu fahren, ist völliger Quatsch für uns.«

Der Kontrolleur: »Steigen Sie bitte mit aus.«

Hanna: »Muß ich mich vom Wachhund beleidigen lassen, oder was?«

»Kommen Sie!« Der Sicherheitsmann versucht, Hanna zu packen.

»Pfoten weg! Ja?! Du grapschst mich nicht an, du Arsch.«

Jetzt mischt sich auch Victor ein. »Du rührst sie nicht an, hast du verstanden?!«

Der zweite Sicherheitsbeamte wird ebenfalls energisch: »Sie sollen hier mit rauskommen!«

Die beiden Männer ziehen Hanna von ihrem Sitz hoch.

Victor geht dazwischen und versucht zu schlichten: »Immer mit der Ruhe, immer mit der Ruhe!«

Hanna brüllt: »An die Titten grapschen kannst du deiner eigenen Votze.«

»Halt deine Klappe, du Schlampe!«

Das ist zuviel für Victor. »Jetzt is aber Schicht! Du entschuldigst dich bei der Dame, oder ich ...« Er packt den Mann am Kragen.

»Lassen Sie sofort los, oder wir greifen zu andern Mitteln.«

Hanna wird von hinten an den Armen festgehalten. Den Wachleuten gelingt es, sie und Victor aus dem U-Bahn-Abteil herauszuzerren. Allgemeines Chaos. Whiskas bellt, die Beamten brüllen, Hanna schreit: »Ich tret euch in die Eier, ihr Schweine. Los Whiskas! Faß!« Whiskas versucht, einem der Sicherheitsbeamten ins Bein zu beißen, bekommt aber nur dessen Hose zu packen. Er zottelt wild daran herum.

Patty und Jochen betreten das Foyer eines kleinen Kinos. Nur wenige Leute halten sich hier und am Tresen der Kasse auf, warten auf den Beginn der Spätvorstellung. Jochen bleibt vor einem Plakat stehen, Patty reibt sich fröstelnd die Arme, schaut eher gelangweilt in die Gegend.

» 'n deutscher Film?« fragt Jochen skeptisch.

»Hauptsache warm«, erwidert Patty nur.

»Naja, lernt man sich bißchen kennen, ne.« Jochen geht zur Kasse.

Patty folgt ihm lustlos. »Besser, als die ganze Zeit durch die Gegend latschen.«

»Stimmt auch wieder.« Jochen stellt sich in die Reihe.

»Das letzte Mal, wo ich im Kino war, hat mir mein Vadder mitgenommen, wo er noch am Leben war. Weile her schon. Nach Neuruppin. Riesiges Hochhaus hat da gebrannt, im Film, mein ich. So 'n Wolkenkratzer. Kommt doch keiner mehr raus aus den Dingern, nich, wenn das einmal brennt. Mit Hubschraubern gekommen sin' die da ...« Jochen redet ziemlich laut. Patty kratzt sich die Arme. Hört nur mit einem halben Ohr zu. Dann aber deutet sie auf die wartende Kassiererin. »Bist dran.«

»Zwei Kinokarten bitte, für jetzt.«

Patty: »Für mich 'n Bier und 'ne große Popcorn.«

Jochen zieht wieder mal sein Geldbündel aus der Jackentasche.

Dann sitzen die beiden nebeneinander in ihren Kinosesseln. Ein Actionfilm läuft: Schüsse, Detonationen, Geschrei. Nicht die geringste romantische Stimmung. Irgendwie ist Jochen unzufrieden.

Patty ist einigermaßen dran am Geschehen auf der Leinwand, stopft sich unablässig Popcorn aus einem riesigen Eimer in den Mund. Jochen guckt immer wieder zu ihr hin. Er trinkt einen Schluck Bier, dann legt er bemüht lässig den Arm um ihre Schulter. Zugleich sieht er sich nach den paar anderen Zuschauern um. Niemand achtet auf ihn. Patty tut ein Weilchen so, als bemerke sie nichts, dann aber zieht sie seinen Arm von ihrer Schulter. Schaut gleich wieder auf den Film, als sei nichts gewesen. Jochen ist verdattert, trinkt verlegen einen Schluck aus seiner Bierbüchse. Beide starren auf die Leinwand. Dann schiebt Patty sich etwas hoch in ihrem Sitz und greift Jochen zwischen die Beine. Jochen erstarrt. Mit sturem Blick auf die Leinwand läßt Patty ihre Hand in seiner Hose verschwinden. Jochen wagt sich nicht zu rühren, und das Mädchen macht einfach weiter, völlig leidenschaftslos fummelt sie mit der einen Hand, mit der anderen angelt sie in den Popcorneimer, ißt. Im Film knallt und scheppert es.

Jochen will und kann so nicht. Er zieht Pattys Hand aus seiner Hose. Sie schaut ihn kurz an, zuckt mit den Schultern und schiebt sich schließlich gelangweilt eine weitere Portion Popcorn in den Mund. Dann eben nicht.

Endlich ist Ricardo Nduadiki am Flughafen angekommen, wo um diese Zeit nur noch wenige Reisende unterwegs sind. Ein paar Reinigungskräfte fegen den Müll des Tages zusammen: Reste von Transparenten, zertretene Papstbilder ... Weit und breit kein schwarzer Junge. Ricardo geht eilig auf eine Putzfrau zu. »Entschuldigung, hast du einen kleinen schwarzen Jungen gesehen? Vielleicht 12.«

Die Frau schüttelt den Kopf. Da wendet sich die Verkäuferin vom Imbißstand an Ricardo: »Vorhin war einer bei uns, is' aber schon 'ne Weile her.«

»Weißt du, wo er ist?«

Die Verkäuferin wischt den Tresen ihres Imbißstandes. »Es hat einer sein Geld liegen lassen hier. So 'n reicher Schnösel, bißchen älter schon. Und wie ich ihn finde, da hat er den Jungen am Wickel. Dachte wahrscheinlich, der hätte ihn beklaut. Später sind sie dann zusammen weggegangen ... Bist du der Vater?«

»Nein, ich sollte ihn abholen ...«

»Geh besser zu den Bullen, man kann nie wissen.«

»Nix Bullen, nix Bullen.«

»Aha, verstehe ...«

»Er kommt mich besuchen.«

Die Verkäuferin will helfen, auch wenn sie den Zusammenhang nur ahnt. »Der Typ hieß Peschke. Von irgendeiner Maschinenfabrik oder so. Stand auf der Visitenkarte in seiner Brieftasche ...«

»Peschke«, wiederholt Ricardo, und der Name klingt ihm wie der Schimmer einer Hoffnung.


Peschke bindet sich seine Krawatte fest, ehe er auf die Kneipe »Am Oranienplatz« zusteuert. Er scheint zunächst nicht wahrzunehmen, um was für eine Spelunke es sich hier handelt. Der Aushang für Speisen und Getränke ist eingeschlagen, von der Karte keine Spur. Auch sonst macht die Destille einen eher heruntergekommenen Eindruck. Plötzlich öffnet sich die Kneipentür, und jemand kommt Peschke entgegengeflogen.

»Verpiß dich, du Penner«, ruft der Wirt dem Besoffenen hinterher.

Nun nimmt Peschke seine Krawatte doch lieber ab. Er steckt sie in die Manteltasche. Dann zerzaust er seine Frisur. Feliz sieht ihm verwundert zu.

»Glotz nicht so blöd«, sagt der nun etwas derangiert wirkende Produkt-Manager und betritt mit Todesverachtung die Kneipe. Feliz folgt ihm.

Ein tiefer Raum. Türkische Musik, verqualmte Luft. Grelles Neonlicht. Peschke geht zum Tresen, vorbei an Kartenspielern, die ihn mustern. Spricht die Kellnerin an, die mit einem Tablett voller Bierflaschen und Gläser gerade wieder ihre Runde machen will. »Ehm, ich suche hier einen Herrn ...« Er muß wieder den Zettel mit dem Namen aus seiner Tasche ziehen – »Nduadiki.«

»Ja, der Ricardo. Der hat heut abend frei.«

»Ach, ich müßte ihn ...«

Die Kellnerin läßt Peschke erst einmal stehen, um ihre Runde zu machen. Peschke hat den Eindruck, von allen möglichen Gästen angestarrt zu werden. Ein angetrunkener, ziemlich verwahrloster Mann schiebt sich an seine Seite. Der Obdachlosenzeitungsverkäufer vom Bahnhof. »Feine Jacke haste an, ganz feine Jacke. Hast es zu was gebracht. Seh ick gleich. Soll ick dir 'n Bier ausgeben?«

»Neenee, ich trink ja nicht.«

»Das machst du richtig.«

Ein kleiner, älterer Mann in schwarzen Lederklamotten drückt Feliz ein Schnapsglas in die Hand. Der Junge riecht an dem Schnaps, löst damit Gelächter am Tisch aus. Einer nimmt ihm das Glas wieder aus der Hand.

»Ist das dein Junge?« Der Zeitungsverkäufer schiebt sich noch dichter an Peschke heran. Der schüttelt den Kopf. »Wollte schon sagen, ganz der Papa ...«, feixt der Penner.

Die Kellnerin ist wieder am Tresen. »Nimm dein Bier, und halt den Rand, Fritz!« Sie stellt dem Zeitungsverkäufer ein neues Bier hin. Feliz schaut einer etwas abgetakelten Dame an einem Spielautomaten über die Schulter. Sie läßt ihn den Knopf drücken. Dreimal die Sieben! Bingo! Das Geld rattert, die Frau sieht Feliz erfreut an.

»Morgen ist Ricardo wieder hier«, sagt die Kellnerin zu Peschke. »Soll ich ihm was ausrichten?«

»Nee, das nützt mir nichts. Ich bräuchte ihn jetzt. Sehen Sie, da ist 'n Junge, und der gehört zu ihm.«

»Wieder so einer ...«

»Wieso?«

»Haben Sie schon mal 'nen Jungen aus Afrika gesehen, der hierher in die Ferien kommt?« Ohne eine Antwort abzuwarten, geht sie wieder hinter den Tresen. »Ich muß jetzt arbeiten. Wollen Sie die Nummer von Ricardo?«

»Nein. Die hab ich ja ... Vielen Dank dann.« Peschke muß Feliz von dem Geldautomaten wegziehen. Die Abgetakelte empört sich: »Kannst mir doch nicht meinen Talisman klauen!« Aber das ist Peschke egal.

Vor der Kneipe wedelt er ratlos mit den Armen. »So, was machen wir jetzt, Doktor Schneider, hm?« Lauter Ausruf, natürlich keine Antwort. Peschke zu Feliz: »Kein Ricardo. Ricardo no. Alguno, comprender? He?«

Peschke kramt in seiner Manteltasche nach dem Autoschlüssel. Er blickt zu seinem Wagen, der, so groß und sauber und silbern, in dieser düsteren Gegend natürlich auffällt. Peschke traut seinen Augen nicht: Eine Clique von Jugendlichen steigt gerade in den Wagen. Es sind die Schnorrer vom Bahnhof.

Stummel: »Komm mach hinne! Los!« Die Rothaarige steigt als letzte ein.

Peschke schreit: »Hey, Pfoten weg da!«

»Ey, der Typ kommt! Abfahrt!«

Schon hat Tom den Motor angelassen und braust mit quietschenden Reifen los.

Peschke rennt mit fuchtelnden Armen seinem Wagen hinterher. »Anhalten! Anhalten. Das ist mein Auto!«

Plötzlich wendet der Wagen, steuert in hohem Tempo direkt auf Peschke zu. Der läuft nun wie ein Gejagter vornweg, springt in letzter Sekunde beiseite. Aus dem Auto Winken und grölendes Gelächter.

»Hilfe! Polizei!« Aber das bleibt ein frommer Wunsch. Peschke sieht verzweifelt sein Auto davonfahren. Er läßt die Arme sinken. »Scheiße!!«

Polizeirevier. Ein großer Raum mit kahlen Wänden und grauen Metallschränken. An der Fensterfront sind die Schreibtische der diensthabenden Polizisten aneinandergereiht. Funkdurchsagen, Telefongeklingel, das Klappern alter Schreibmaschinen.

Hinter einem der Tische sitzt ein übernächtigter Polizeibeamter. Er ist nur wenig älter als Hanna und Victor und hat heute auch schon einiges erlebt. Über dem Stuhl hängt seine, von einem Farbbeutel verunstaltete Uniformjacke. Victor sitzt vor ihm, während Hanna wie ein gefangenes Tier auf und ab rennt.

»Sie können sich ruhig erstmal wieder hinsetzen. Das wird schon noch 'n bißchen dauern.«

»Ich setz mich nicht.«

Der Beamte gießt sich einen Kaffee ein. Ruft einem Kollegen zu: »Frank, bringst du mir 'n Big Mac mit?«

Hanna ist gereizt: »Komm, Victor, wir gehen. Was machen wir denn hier?«

Der Beamte liest die Notizen vor, die er bereits angefertigt hat: »Frau Henschel, Johanna ... geboren 31.3.69 in Jüterbog, zur Zeit ohne festen Wohnsitz ... Und Sie sind Herr Buchmann, Victor ... Können Sie mal Ihren Hund hier 'n bißchen einfangen?« Er schaut skeptisch auf Whiskas.

Hanna: »Whiskas, komm her.« Der taucht hinterm Schreibtisch auf. Victor streckt ihm zur Beruhigung die Hand hin. Der Beamte fährt fort.

»Buchmann, Victor, geboren 15.4.1962 in Berlin. Zur Zeit ebenfalls ohne festen ...« Er tippt mit einem Finger. Hält inne. »Scheiße, wo ist denn jetzt das blöde 'W'?«

»Warum kneift es mich immer in den Arsch? Immer mich, ey. Scheiße, Victor!«

»Frau Henschel, würden Sie sich jetzt bitte hinsetzen!«

»Ich setz mich nicht, ja?!«

»Sie können gehen, wenn wir hier fertig sind.«

Victor reicht Hanna eine Zigarette. »Immer mit der Ruhe, Hanna.«

»Komm, wir gehen. Was bleiben wir denn hier, Mann!?« Sie nimmt die Zigarette.

»Frau Henschel, würden Sie sich jetzt bitte endlich hinsetzen?!«

»Blöder Wichser, ey. Von dem laß ich mir doch nichts sagen hier.«

»Paß mal auf, wenn du noch einmal Wichser sagst, ja, dann laß ich dich abführen, verstehst du? Das geht ganz fix.«

»Reg dich ab, Mann.«

»Ich hab hier Zeugen. Jede Menge Zeugen!«

»Reg dich ab!«

»Paß auf, du! Also setz dich da hin.«

Hanna setzt sich. Das letzte Wort muß sie trotzdem haben. »Wichser«, sagt sie vor sich hin, wenn auch ganz leise.

»Warum haben Sie denn keinen festen Wohnsitz, Frau Henschel, he?«

»Mann, wir machen Platte, weil das so romantisch ist.«

Victor fügt in versöhnlicher Art hinzu: »Die Hanna, die Johanna und ich, wir ... wir würden schon gerne zusammen wohnen.«

»Na, ich denke, man hat Ihnen einen Platz im Wohnheim angeboten.«

Hanna, weiter in Rage: »Soll ich Warzen kriegen, oder was? Da laufen Typen rum, davon träumt der Führer, ey, so eklig sind die ...«

Der Beamte blättert in Unterlagen. »Hier steht, Sie haben bereits eine Tochter?« Hanna schweigt verbissen. Der Beamte drängelt. »Frau Henschel!«

»Die ha'm sie ihr weggenommen.« Victor legt seinen Arm um Hannas Schulter. Sie kämpft mit den Tränen, sieht den Beamten abweisend an.

» 'ne gute Mutter war ich, das kannste mir glauben. Drück du mal die Kohle ab für die Miete und das alles mit dem bißchen Schmott vom Sozialamt. Kannst denen noch die Füße küssen vor lauter Dankbarkeit. Arbeit kriegste auch keine. Hauptsache die fetten Wichser in der Regierung kriegen genug Kohle. Hauptsache, ey.«

So etwas will der Beamte hier gar nicht hören. »Nun mal halblang. Ich hab auch 'nen schweren Tag hinter mir, ja ...«

Hanna: »Ach, das tut mir aber leid jetzt, wirklich.«

Victor: »Wenn ich 'nen Job hab. Dann ... Dann wollen wir die Kleine von der Hanna zu uns nehmen.«

Der Beamte will sich nicht als Sozialhelfer profilieren. Er kommt lieber wieder auf das eigentliche Thema zurück. »Warum haben Sie die Herren vom Sicherheitsdienst angegriffen, Frau Henschel?«

»Ich oder was?«

»Ja, Sie.«

»Mann, die haben mich angegriffen.« Hanna zeigt dem Beamten ihre geschwollene Hand. »Guck doch mal. Oder glaubste vielleicht, ich bin gegen 'nen Laternenpfahl gerannt, oder was?«

»Da, da hat sie recht. Das war so.«

Hanna zu Victor: »Genau. Sag doch auch mal was!«

»Sie hatten weder einen gültigen Fahrschein, noch konnten Sie sich ausweisen.«

»Mann, den muß ich irgendwo liegengelassen haben. In der Taxe oder so.«

»Im Taxi.« Das scheint der Beamte nicht unbedingt zu glauben.

»Im Taxi«, unterstreicht Hanna.

»Man hat sie mehrmals aufgefordert, die U-Bahn zu verlassen. Statt dessen haben Sie Ihren Hund auf die Beamten gehetzt.«

»An die Titten gegrapscht haben sie mir. Würd'st du dir das gefallen lassen, ja? Aber ich bin ja nur 'ne Frau, ne? Is' ja egal. Mich kann ja jeder Idiot angrapschen ... Für jedes Arschloch bin ich doch nur der Scheiß-Verdammte-Mist-Fußabtreter, ey. Scheiße, ey!«

Hanna kann sich nicht mehr kontrollieren. Schon während ihrer letzten Sätze stand ihr das Wasser bis zum Hals, nun heult sie hemmungslos. Sie wischt sich mit dem Handrücken über die Augen. Victor streicht vorsichtig über ihre Schulter. »Laß mich!«, wehrt Hanna verletzt ab.

Der Beamte: »Ja, tut mir leid, aber ...«

Schon wieder wuselt Whiskas hinterm Schreibtisch herum. »Sind wir hier im Streichelzoo oder was?«

»Whiskas, komm her.« Der Hund gehorcht Hanna auf 's Wort. Irgendwie ist der Beamte ja auch nur ein Mensch. Und Frauentränen sind so eine Sache ... Er holt aus einer Schublade eine Packung Zellstofftaschentücher hervor, reicht sie Victor. Sein Tonfall ist deutlich sanfter. »Tja, da hier jetzt nun zwei widersprüchliche Aussagen vorliegen, bin ich leider gezwungen, die Anzeige erstmal weiterzuleiten. Wenn Sie Pech haben, kriegen Sie dafür 'n Verfahren.«

Victor hat Hanna ein Taschentuch gegeben. Sie schneuzt. Versucht, sich zu beruhigen.

Ricardo Nduadiki steht an einem Münzfernsprecher des Flughafens. Auf dem Gerät stapelweise Zehnpfennigstücke, vor ihm ein aufgeschlagenes Berliner Telefonbuch.

»Ich weiß, daß es fast elf ist. Aber ich suche ein Kind ...« Ricardo hält inne. Muß sich deutlicher erklären: »Nein, Ihren Mann.« Nach einer Pause: »Kein Mann ... Okay. Pardon, Frau Peschke ... Eh, können ...«

Die Gesprächspartnerin hat aufgelegt. Ricardo schaut nach der nächsten Nummer im Telefonbuch, sein Finger gleitet an einer schier endlosen Namensliste herunter.

Die Verkäuferin vom Imbißstand ist bereits umgezogen und auf dem Nachhauseweg. Sie bleibt neben Ricardo stehen. »Gefunden?«

»Gibt viel Peschke in diese Stadt ...«

»Hat der Junge deine Adresse? Vielleicht ist er schon in der Wohnung.«

»Wie heißt du?«

»Rita.«

»Ricardo. Du weißt, warum diese Junge hier ist, Rita?«

»Soll ihm mal besser gehen als zu Hause, oder?«

Ricardo sieht sie an, nickt. »Und ich sage seine Eltern: Sorry, aber das Kind ist weg, verloren ...«

»Der ist nicht weg.«


Jochen und Patty sitzen an einem weiß eingedeckten Tisch. Dezente Pianomusik im Hintergrund.

Patty raucht. Blättert unkonzentriert in der Speisekarte. »Scheißteuer hier.«

»Spielt keine Rolle heute. Bißchen Niveau muß schon sein, ne.«

Patty schaut kurz zu Jochen. »Trotzdem schade um die Kohle.«

Jochen zuckt verständnislos mit den Schultern. Er ist mit seinen Gedanken noch ganz im Kino. »Was mich gewundert hat wieder bei dem Film, warum die alle ans Meer wollen. Is doch langweilig da. Immer nur Wasser. Viel interessanter hier in der Stadt, ne.«

»Kannst du 'n bißchen leiser reden?«

»War ich zu laut?« Jochen dreht sich erstaunt um. »Gar nich gemerkt ...« Das Restaurant ist eines von jener Sorte, in denen man sich wie in einer etwas zu weitläufigen Designerausstellung fühlt. Hoch. Zweckreduziert. Edel. Die beiden sind fast die einzigen Gäste in dieser Halle.

Patty holt die nächste Zigarette vor, Jochen gibt ihr Feuer. »Immer nur rauchen und dat süße Zeug im Kino. Kein Wunder, dat dir ständig kalt ist. Zuviel is ja auch nich schön, aber so 'n bißchen wat auf die Rippen, ne?«

»Du brauchst mir nicht ständig erklären, was ich machen soll.« Patty zieht nervös an ihrer Zigarette. »Das weiß ich auch alleine, klar?« Verstimmte Pause.

Ein Rosenverkäufer betritt das Restaurant, schaut sich um. Jochen bemerkt ihn, hat eine Idee. Steht auf, reißt dabei das Besteck vom Tisch. Legt es schnell wieder zurück.

Patty sieht Jochen hinterher, wie er mit schweren Schritten und etwas ungelenk durch das Restaurant geht. Plötzlich muß sie ein wenig lachen und schüttelt ungläubig den Kopf.

»Guten Tach«, sagt Jochen zu dem Mann. »Ich möchte eine Rose kaufen.«

»Fünf Mark.«

Pattys Blick fällt auf Jochens Jacke, die er über seinen Stuhl gehängt hat. Sie vergewissert sich kurz, unbeobachtet zu sein, und steht auf, um sich sein Portemonnaie zu angeln. Da hört sie Jochen. »Ich muß nur eben mal meine Brieftasche holen.«

Flugs setzt sich Patty wieder auf ihren Stuhl. Enttäuscht.

Jochen nimmt sein Portemonnaie aus der Jackentasche, zwinkert Patty linkisch zu, geht wieder zu dem Rosenverkäufer. Patty raucht hektisch. Der Kellner bringt den Champagner. Als Jochen zurückkommt, wirkt er ein bißchen feierlich, reicht Patty eine Rose. Sie ist irritiert.

»Du hast mich doch bezahlt.«

»Trotzdem.«

Patty nimmt widerwillig die Blume, legt sie vor sich auf den Tisch. Jochen trinkt sein Glas Champagner in einem Zuge leer. »Lecker dat Zeug!«

»Ich geh mal pinkeln ...« Patty steht so abrupt auf, daß ihr Glas umkippt. »Scheiße, ey.« Jochens Hose ist nun naß. »Och! Dat schöne Zeug!«

Panisch wirft Patty die Tür der Toilette hinter sich zu. Sie zittert am ganzen Körper. Eilt an den geöffneten Klotüren vorbei: Niemand da. Den Inhalt ihres kleinen Rucksacks kippt sie auf den Waschtisch, greift hektisch nach Tabletten. Nur noch zwei Stück. Die stopft sie in ihren Mund. Geht schnell zum Wasserhahn. Schluckt die Tabletten mit Leitungswasser runter.

Langsam wird sie ruhiger. Setzt sich auf die Heizung am Fenster. Atmet heftig und preßt ihre Hände zwischen die Knie, wiegt ihren Körper hin und her.

Kurze Zeit später, vor dem Restaurant, hat sie sich wieder im Griff. Sie geht schnurstracks über die Straße.

Jochen trottet etwas verwirrt hinterher. »Wo willst du denn hin auf einmal?«

»Is doch Scheiße hier. Ich zeig dir, wo richtig was los ist. Willste doch, oder?«

»Ja schon, aber ...«

»Is 'n cooler Laden, geile Musik ...«

»Auf dat Steak hätten wir wenigstens noch warten können. Hab ziemlichen Kohldampf langsam.«

»Kriegst auch da was.«

»Erst bestellen und dann ... Versteh ich nich!«

Im Foyer des Christlichen Hospiz sieht es nicht sehr edel aus: ein verstaubtes Holzkreuz, Kunstblumen, bunte Bibelpostkarten, ein großes Foto des Papstes.

Die altjüngferliche Dame an der Rezeption blättert in einem Buch mit Namen und Terminen. Hanna und Victor sehen sie erwartungsvoll an.

«Buchmann, sagten Sie?« Die Frau schaut zu Victor, der kräftig nickt. »Merkwürdig. Ich kann Ihre Reservierung nicht finden. Vielleicht haben Sie bei meiner Kollegin bestellt?«

Victor mit Unschuldsmiene: »Uns geht es um den Papst, wissen Sie.«

Das kann die Dame gut verstehen. »Ja, ja, wir sind auch schon seit Wochen ausgebucht für heute ... Bis morgen, hm. Wenn ich wüßte ... Jemand ist noch nicht angereist. Die 412 ...«

Victor: »Und was kostet noch mal das Zimmer?«

»95 Mark, mit Frühstück.«

Hanna: »Gut. Wir nehmen 's.«

»Na ja, es ist fast elfe ...« Die Dame überlegt, aber dann beweist sie ihr Herz für junge Leute, denen es um den Papst geht. »Na gut, füllen Sie mal die beiden Scheine aus. Und dann brauch ich noch die Personalausweise.«

Hanna erschrickt. »Ich hab meinen vergessen.«

Die Dame reicht zwei Anmeldeformulare und einen Stift. Victor beginnt ohne Zögern mit dem Ausfüllen.

»Ein Ausweis reicht. Sie sind doch verheiratet?«

Hanna: »Nee, wieso?«

Die Dame ist zunächst etwas irritiert, dann entschieden: »Ach so. Dann tut 's mir leid. Unter den Umständen können Sie das Doppelzimmer leider nicht bekommen. Wir sind ein christliches Haus, und da legen wir Wert auf bestimmte Grundsätze.«

Hanna: »Was soll denn das jetzt schon wieder heißen?«

»Das heißt, Sie können nicht gemeinsam in einem Zimmer übernachten, solange Sie nicht verheiratet sind. Zumindest nicht bei uns.«

Hanna: »Wir wollen 's doch bezahlen. Wir wollen 's doch nicht umsonst haben.«

Victor versucht es mit all seinem Charme. »Es ist nur eine Nacht. Morgen früh sind wir verschwunden. Keiner merkt was ...« Aber da ist er hier an der falschen Adresse.

»Junger Mann, es kommt nicht darauf an, ob man was merkt. Das ist nicht die Sache der Kirche, sich selbst zu betrügen.«

Hanna: »Soll das hier 'ne Kirche sein, oder was?«

»Nein, aber auch kein Stundenhotel.« Jetzt erstarrt Hanna. »Denkste, ich bin 'ne Nutte?« Keine Antwort. Victor ahnt Böses. Hanna setzt nach. »Ob du denkst, daß ich 'ne Nutte bin?!«

»Bitte nicht so laut, die Gäste schlafen bereits.«

Aber davon fühlt Hanna sich erst recht provoziert. »Is mir scheißegal, ob deine Gäste schlafen. Na los: Hältst du mich für 'ne Nutte?«

Victor weiß, was passiert, und versucht, die Sache abzukürzen. »Komm, Hanna, wir gehen.«

Hanna zu der Dame: »Das ist doch das Letzte, ey!«

»Ich wollte doch nur sagen, daß wir hier bestimmte moralische Grundsätze pflegen.«

»Deine moralischen Grundsätze kannste dir in 'n Arsch schieben!«

»Immer mit der Ruhe, Hanna.«

»Verlassen Sie bitte sofort das Hotel.«

»Denkste, du kannst mich hier einfach beleidigen, ja? Du hast überhaupt kein Recht dazu, verstanden? Und deine Kirche, die kann mich mal!«

»Wenn Sie nicht sofort gehen, dann rufe ich die Polizei!« Die Dame greift zum Telefon. Aber Hanna ist schneller, knallt ihre Hand auf die Gabel. Victor faßt Hanna am Arm, die schüttelt sich wütend los, läßt nicht ab von der Frau. »Ich will, daß du dich sofort bei mir entschuldigst, klar?«

Victor packt sie. »Komm Hanna, jetzt gehen wir!«

Er zerrt sie in Richtung Ausgang, was sie nur noch aggressiver macht. »Ich verlasse diesen Drecksladen nicht, bevor sie sich bei mir entschuldigt hat. Victor!«

Hanna versucht, ihn abzuschütteln. Sie tobt wie eine kleine Furie. Victor hält sie jedoch mit aller Kraft fest.

Die Dame hat inzwischen die Telefonverbindung hergestellt. »Hospiz hier, ich habe Probleme mit einigen Leuten im Foyer, vielleicht können Sie mal 'ne Streife vorbeischicken?«

Hanna reißt sich los. Stürzt und ist im Nu wieder auf den Beinen.

»Anzünden sollte man euren Laden und die Kirchen gleich mit, verfluchte Schweine ... Laß mich los, verdammt noch mal!« Aber Victor umklammert sie.

Die Dame hält erschrocken die Sprechmuschel zu.

Endlich hat es Victor geschafft, Hanna hinaus auf die Straße zu zerren.

Die Dame wieder ins Telefon: »Hallo? Mir scheint, die Sache hat sich von alleine geklärt.«

Sie legt den Hörer auf. Es ist plötzlich ganz still im Raum, nur eine Wanduhr tickt. Die Dame atmet erleichtert aus, stützt den Kopf in die Hände. »Jesus!«

Brücke mit großer Stahlkonstruktion. Es regnet wie aus Kannen. Hanna ist das egal. Wütend rennt sie vor Victor her. Der hat nun allerdings auch genug. Er packt sie an der Schulter, reißt sie zu sich herum. »Jetzt hörst du mir mal zu!«

»Laß mich los, oder ich schrei die ganze Gegend zusammen!« Victor hält sie jedoch fest. »Warum mußt du dich immer mit allen Leuten anlegen? Warum?«

»Du hast mir gar nichts zu sagen, gar nichts!«

»Ich halt das nicht mehr aus, verstehste?! Der ganze Streß. Immer wegen dir!«

»Ach, ich bin schuld, ja?«

»Ja!«

Hanna reißt sich los. »Du merkst doch überhaupt nicht, wie diese Typen sich dauernd aufspielen. Haste dir mal die Schuhe von der Tussi angeguckt? Stiefelchen mit Pelzbesatz. Schon mal gesehen, wie die Öffnung von denen aussieht, wenn die einfach nur so rumstehen, ja? Wie 'ne Votze sieht die aus. Und so eine nennt mich Nutte!«

Wütend rennt Hanna weiter, Victor hinterher.

»Hanna! Das ist doch ... alles totale Scheiße, Hanna!«

Er überholt sie, versucht, sie aufzuhalten, sie stößt ihn aggressiv weg.

»Mann, guck doch mal 'n bißchen hin, wenn die Leute dich anmachen.«

»Hanna!«

»Ich hab 'nen Blick dafür, kannste mir glauben.«

»Ich hab dich doch gern. Hanna. Überleg doch noch mal, mit Hochzeit und so. Wenn wir verheiratet gewesen wären, Hanna.«

Sie bleibt abrupt stehen. »Ja. Damit der liebe Gott uns in seinem Hotel schlafen läßt! Weißte was: Du kotzt mich an! Deine demütigen Hundeaugen, dein ständiges Rumgetatsche, dein blödes Gelaber von Familie und so. Ich hab von meiner ersten Ehe noch die Schnauze voll, verstehste?« Sie hält kurz inne. Dann, wie ein Schlag: »Ich werd dich nie heiraten. Nie! Und das Kind laß ich mir auch wegmachen. Eher krepier ich, als daß die mir noch 'n Kind ins Heim stecken!«

Victor zittert vor Erregung. »Ich bring dich um, wenn du das tust.«

»Du hast mir gar nichts zu sagen. Ich mache, was ich will.« Mit beiden Fäusten schlägt Hanna plötzlich auf ihren Bauch ein, immer heftiger, immer selbstvergessener. »Nie mehr werde ich ein Kind kriegen! Nie mehr. Nie mehr. Und schon gar nicht von dir!«

»Das wirst du nicht tun, hast du verstanden?« Victor ohrfeigt Hanna. Er ist außer sich. Schlägt Hanna mit der Faust ins Gesicht. Hanna stürzt auf die nasse Straße. Mitten auf der Brücke, mitten im Regen. Ein Auto hupt. Das ist Victor egal.

»Das tust du nicht. Das ist auch mein Kind! Hast du verstanden?! Das ist auch meins!«

Unaufhörlich schlägt er Hanna, die sich auf dem Straßenpflaster windet, sich zu schützen sucht.

Doch Victor läßt nicht von ihr ab. Macht weiter. »Ich laß mich nicht von dir beleidigen! Such dir doch 'nen andern Idioten. Mit mir machst du das nicht mehr! Hast du verstanden? Nie mehr!«

Langsam werden seine Schläge kraftloser, schließlich hört er ganz auf. Hanna liegt zusammengekrümmt da, hält wimmernd ihren Kopf.

Victor steht neben ihr, sieht sie an, heult. »Blöde Kuh«, sagt er mit schwacher, heiserer Stimme und geht weg, langsam, die Straße hinunter.

Hanna liegt zitternd und schluchzend auf dem Pflaster. Whiskas steht neben ihr, als wolle er sie beschützen. Es regnet heftig.

Feliz steht in einer Nische vor dem Polizeirevier, der Regen prasselt. Er macht ein paar Schritte auf den Bürgersteig. Sein Gesicht wird naß, aber das kümmert ihn nicht. Für einen Moment schließt er die Augen, öffnet die Lippen ein wenig, kostet das fremde Wasser. Er geht zurück in den Schutz der Hauswand. Kramt eine Zigarette aus seiner Hosentasche, zündet sie an, raucht selbstvergessen.

Auf dem Revier sitzen sich der Beamte, der schon mit Hanna und Victor beschäftigt war, und Peschke gegenüber. Der Beamte hämmert die Anzeige in die Schreibmaschine. »Wegfahrsperre?« fragt er in seinem gelassen wirkenden norddeutschen Ton.

»Ich war doch nur 'n Moment in dem Lokal ...«

»Na, das ist ja auch 'n bißchen unvorsichtig, was? In der Gegend.«

»Was sollte ich machen? Sollte ich den Wagen mit reinnehmen oder was?«

Der Polizist zieht das Blatt mit der Anzeige aus der Schreibmaschine, reicht es Peschke. »So, hier mal unterschreiben, ja? Die Fahndung geht dann jetzt raus, aber viel Hoffnung mach ich Ihnen da nicht. Der Papst ist in der Stadt, da sind alle Kollegen im Einsatz.«

Peschke unterschreibt. »Aber man muß doch irgendwas machen können. Man muß doch irgendwie ... Ich bin bei 'ner Firma, verstehen Sie? Ich brauche den Wagen dienstlich ...«

»Guter Mann«, unterbricht ihn der Beamte, »was glauben Sie, was hier in der Stadt los ist. Ich hab schon einiges erlebt. Bis auf Vorbereitung auf 'nen Angriffskrieg.«

Gerade will Peschke wieder aufgeben, da fällt ihm etwas Rettendes ein: »Darf ich mal das Telefon benutzen?«

Der Beamte hat nichts dagegen. »Null vorwählen.«

Peschke wählt eine längere Nummer, dann lauscht er gespannt.

In Peschkes Auto klingelt's. Tom sitzt am Steuer, im Wagen herrscht ziemliche Enge. Zwei haben sich auf den Beifahrersitz gezwängt, vier drängeln sich hinten, Stummel mit der Rothaarigen im Arm. Alle starren wie gebannt auf das Telefon. Tom ist skeptisch. »Ach du Scheiße, wenn das der Alte is. Ich geh nicht ran.«

»Ey, gib mal her«, sagt Stummel.

Aber Tom will ihm das Telefon nicht nach hinten reichen. »Komm, mach kein' Scheiß. Wenn das 'ne Falle ist, ziehn wir die Arschkarte.« Allgemeiner Streit. Alle schreien durcheinander. Stummel greift sich schließlich das Handy. Und meldet sich in offiziellem Ton: »Telefonseelsorge. Sie haben ein Problem?«

Peschke reagiert prompt. »Ach, auch noch frech werden, ja?« Er legt die Hand auf die Sprechmuschel. Verkündet dem Polizisten: »Ich hab sie dran.«

Dann wieder ins Telefon: »Jetzt hören Sie mal zu. Das ist mein Auto, in dem Sie da sitzen. Haben Sie verstanden?!«

»Jetzt nicht mehr«, lautet die schadenfrohe Antwort.

»Ich geb Ihnen eine letzte Chance. Sie drehen sofort um und stellen den Wagen dorthin zurück, wo Sie ihn weggenommen haben. Ist das klar soweit?«

Da fällt Stummel etwas ein: »Paß mal auf, wir hätten da so 'n kleines Problem, weißt du. Wir haben leider keine Mugge in der Karre ...«

Tom: »Genau, wir wollen Musik.«

Der Beamte kaut am Big Mac. Beobachtet interessiert, wie Peschke agiert. Der ist schadenfroh und guter Hoffnung. »Ja, da habt ihr Pech gehabt. Das Radio ist codiert.«

Stummel: »Du kriegst deine Karre wieder. Den Code vom Radio müßtest du uns allerdings verraten.«

»Ihr denkt wohl, ihr könnt jetzt noch mit mir handeln, ja? Da läuft bei mir nichts, daß das klar ist.«

Der Beamte nickt zustimmend.

Stummel bleibt Herr der Lage. »Weißt du eigentlich, wie es klingt, wenn man von innen gegen dein Autodach tritt, he?« Die Rothaarige beginnt, mit ihren schweren Stiefeln lustvoll und dröhnend gegen das Autodach zu hämmern. Nach und nach fallen die anderen ein, johlen und kreischen dabei.

Als Peschke hört, wie es scheppert und kracht, muß er sich augenblicklich hinsetzen. Der Schweiß tritt ihm auf die Stirn. Mitleidig sieht der Polizist Peschke an, reicht ihm ein Taschentuch.

»Moment. Hallo ... Ich ...« Peschke wischt sich die Stirn ab, schluckt. »Der Code ist ... Eins ...«

»Eins«, wiederholt Stummel triumphierend für die anderen im Auto. Und Peschke zählt ergeben die weiteren Ziffern auf, die er nun, in seiner desolaten Verfassung, gar nicht so leicht zusammenbekommt.

Tom gibt den Code ein. Sein Beifahrer holt eine Kassette aus der Jackentasche, schiebt sie in den Recorder. Ein hartes Intro erklingt.

Die Rothaarige öffnet das Autodach, stellt sich auf den Rücksitz. Hält ihre Schnapsflasche wie eine Trophäe in den Fahrtwind.

Stummel ins Handy: »Na siehst du. War doch gar nicht so schwer. Jetzt gehst du schön ins Bett und träumst von deinem hübschen Auto. Und schön cool bleiben.«

Der Beamte nimmt dem konsternierten Peschke den Hörer aus der Hand. »Hallo«, ruft er in den Hörer. »Hallo??« Dann zu Peschke: »Aufgelegt, die Schweine.«

Peschke: »Na ja, Gott sei Dank wenigstens keine Polen.«

Peschkes BMW fährt durch den strömenden Regen. Laute, dröhnende Punkmusik. Plötzlich sieht die Rothaarige jemand auf der Straße. »Ey, halt mal an. Scheiße. Da liegt eine.« Tom hält an. Die Rothaarige steigt aus, zieht ihre Lederjacke über den Kopf, um sich halbwegs gegen den Regen zu schützen. Sie geht auf Hanna zu, die immer noch zusammengekrümmt auf dem Pflaster liegt. Whiskas harrt reglos neben ihr aus.

»Besoffen die Alte. Komm!« ruft Stummel aus dem Auto.

»Schnauze!« Die Rothaarige dreht Hanna vorsichtig auf die Seite, sieht ihr blutiges Gesicht.

»Ey, Scheiße, wie siehst du denn aus? Willste zum Arzt? Ey, komm erst mal hoch hier. Du kannst hier nicht liegen bleiben.« Sie hievt Hanna hoch, die sich mit Mühe auf den Beinen hält.

»Was soll 'n das werden?« ruft Stummel.

»Halt doch deine verdammte Schnauze, Mann!«

Hanna trottet wie geistesabwesend zum Brückengeländer. Die Rothaarige geht ihr hinterher. Bleibt neben ihr stehen. »Soll'n wir dich nach Hause fahren?«

»Laß die Alte, und komm endlich«, brüllt Stummel.

Aber die Rothaarige antwortet nicht, hält Hanna die Schnapsflasche hin. »Ey, willste 'nen kleenen Schluck?« Hanna nimmt dankbar die Flasche. Trinkt. Sieht die Rothaarige an. Ein kurzer Moment der Nähe zwischen den beiden Frauen.

»Ich hab die Schnauze voll, steig jetzt hier ein«, brüllt Tom. Die Rothaarige löst sich von Hanna. Geht langsam zum Auto zurück. Sie steigt ein, wird vollgemotzt und wehrt ab. »Laßt mich in Ruhe, okay? Laßt mich in Ruhe! Ihr kotzt mich an ...«

Das Auto fährt mit Vollgas weiter. Die Rothaarige schaut zu Hanna, bis sie nicht mehr zu sehen ist.


Ricardos stark verbeultes Auto hält neben einem großen Mietshaus. Auf dem Beifahrersitz die Verkäuferin Rita. Es regnet.

»Danke für 's Bringen.«

»Ach, bei dem Wetter ...«

»Sag Bescheid, wenn der Junge sich angefunden hat, hörst du?«

»Hast du ein Telefon?«

»50-52-6-0-4.« Ein kleines Lächeln zu Ricardo. Eine kurze unabsichtliche Berührung von ihm, als er zur Tür hinübergreift, um sie für Rita zu öffnen.

Sie ist fast an ihrem Hauseingang, als Ricardo das Autofenster herunterkurbelt. »Rita«, ruft er ihr zu. »Danke für alles.«

Sie winkt, ehe sie ins Haus geht. Ricardo holt einen Kugelschreiber hervor und schreibt die Telefonnummer eilig auf die Innenfläche seiner Hand.

Jochen folgt Patty eine lange Treppe hinunter, schüttelt den Regen aus dem Schirm, als käme er in die eigene Wohnung.

Unten Gedränge, Rauch. Dunkelheit, hier und da erhellt bläuliches Neonlicht eine Fläche. Die Musik ist eine Mischung aus Hardcore und Psychodelic-Sound. Nacktes Mauerwerk. Maschendraht teilt den Raum. Der Keller eines Abrißhauses.

Patty gibt Jochen ein Zeichen, daß er warten soll. Verschwindet im Gedränge. Jochen sieht ihr hinterher, schaut sich um.

Die Tanzenden sind naßgeschwitzt, haben die Augen geschlossen, kaum einer sieht den anderen an. Sie sind ganz bei sich und der Musik.

Auch Jochen vermeidet es, jemand in die Augen zu schauen. Kurz erblickt er Patty. Sie bekommt von einem Mann etwas zugesteckt. Und ist erneut verschwunden.

Jochen entdeckt den Tresen. Geht hin und verbirgt seine Verlegenheit hinter einem undurchsichtigen Gesicht. »Haben Sie auch was zu essen?« brüllt Jochen zum Barkeeper. »Essen!« Er macht eine Handbewegung, um sich bei der Lautstärke verständlich zu machen. Der Barkeeper zuckt mit den Schultern, geht zu einem Regal, kommt mit einer Tüte Salzstangen zurück, legt sie vor Jochen hin. Der hat sich eigentlich was anderes vorgestellt. Trotzdem nimmt er die Salzstangen, schiebt einen Schein rüber und steckt das Wechselgeld ein. Dann entdeckt er die Rose, die er Patty geschenkt hat. Verloren liegt sie auf dem Tresen herum.

Patty ist inzwischen wieder im Raum. Sie wirkt jetzt seltsam entspannt und abwesend. Wie in Watte bewegt sie sich. Kauert sich in eine Nische neben der Tanzfläche. Jochen sieht sie, geht mit der Rose auf sie zu. Aber Patty nimmt ihn überhaupt nicht wahr. Jochen ist verwundert, weiß nicht, was er tun soll. Er beschließt, lieber draußen zu warten. Gleißende Lichtblitze erhellen in Intervallen Pattys Gesicht. Sie hat die Augen geschlossen, nichts berührt sie jetzt, nichts erreicht sie mehr. Auf einem anderen Stern. Für einen Moment.

Peschke kommt aus dem Polizeirevier. Mit offenem Mantel, ohne Schlips und ohne Zuversicht. Feliz sitzt auf den Eingangsstufen.

Peschke entdeckt ihn: »Ach, der Talisman. Ich hab schon befürchtet, ich muß auf dich verzichten.« Er stellt sich in den Regen, gestikuliert, als redete er zu Massen. »Natürlich regnet's, is ja klar. Wenn man mir mein Auto klaut, dann regnet's eben, nich? Hähä, Doktor Schneider, muß ja alles irgendwie zusammenpassen, nich? Oder?« Peschke sieht ein Taxi, eilt zum Straßenrand. Der Wagen braust an ihm vorbei, durch eine riesige Pfütze. Der Wasserschwall trifft Peschke. Er ist mit einem Mal von oben bis unten naß. Feliz muß lachen.

»Nein!« flucht Peschke. »Ich glaub's nicht.«

Er bemerkt das Kichern des Jungen. »Und du hör auf zu lachen, sag ich dir. Alles deinetwegen. Hörst du auf zu lachen?! Comprender, ja, comprender?«

Feliz begreift irgendwie. Verkneift sich mühsam das Grinsen. Peschke setzt sich resigniert neben ihn, starrt vor sich hin.

»Weißt du, was ich für 'nen Tag vor mir habe morgen? Termine, Termine und alles ohne Auto. Weißt du, wie das ist ohne Auto? Das ist wie mit ohne Beine.« Er wird weinerlich. »Versicherung kann ich mich kümmern. Mietwagen. Die Verabredung mit den Japanern. Mein Gott, die Japaner! Funktelefon muß ich sperren lassen ...«

Feliz holt aus seiner Reisetasche eine Schachtel mit zwei Pralinen hervor. Er hält sie Peschke hin. Der winkt erst ab, nimmt dann doch eine. Beißt vorsichtig ein kleines Stück ab, betrachtet die Praline noch einmal gründlich und schiebt sie schließlich in seinen Mund.

So sitzen sie beide nebeneinander, vom Regen naß, und kauen vor sich hin. Peschke schaut zu dem Jungen: Ein Leidensgefährte in dieser verdammten Nacht. Schließlich sagt Peschke in nüchternem Ton, als könne ihm das Schicksal nichts, gar nichts mehr anhaben: »Na los, komm schon. Sowieso alles egal.«

Er steht auf, geht mit hängenden Armen langsam los. Feliz folgt ihm, über seiner Schulter die große, schwere Reisetasche.


Jochen wartet unter seinem aufgespannten Schirm vorm Eingang zum Klub, knabbert lustlos an einer Salzstange. Jetzt kommt auch Patty. Müde, aber erlöst schleicht sie zu ihm. »Geiler Laden, was?«

»Na ja.« Jochen reicht ihr die Tüte mit den Salzstangen.

Patty fischt sich zwei heraus, lächelt kurz. »Bist 'n komischer Vogel ...«

»Wieso?«

»Erst willste nich ficken, und dann schleppste mich durch die halbe Stadt. Gibst 'nen Haufen Kohle aus ...«

»Wir geh'n halt wech. Wie gute Freunde, ne?«

»Gibt 's keine Frauen bei euch im Dorf?«

»Doch. Schon. Verheiratet. Oder eingebildet. Oder beides ... Einer bin ich nachgerannt ... Sieben Jahre. Dann hat se geheiratet. So 'n Bauern ...«

Patty holt tief Luft. »Sieben Jahre ...«

Jochen reicht ihr die schon etwas zerdrückte Rose. Patty nimmt sie, riecht ein bißchen dran und läßt sie sinken. Dann geht sie in den Regen hinaus, schaut zum Himmel hoch. Über ihr Gesicht laufen Tropfen. In Gedanken ist sie irgendwo weit weg. Sieben Jahre, eine Ewigkeit. Ferne Welt.

Er geht zu ihr. Behutsam: »Du ... Du bist noch 'n bißchen jung, ne. Ich mein, für dat, wat du machst.« Er hält den Schirm über Patty. Sie aber zieht die Kapuze über ihren Kopf, wird plötzlich wieder ganz die Alte. »Kein Bock mehr auf Rumgelatsche.« Geht los.

Jochen versucht, auf ihren abgeklärten Ton einzusteigen. »Suchen wir uns 'n Zimmer?«

Patty: »Ich weiß schon, wo.«

Ein Krankenwagen mit Blaulicht rast an ihnen vorbei.


Der Krankenwagen hält ein paar Straßen weiter. Den Regen ignorierend, trotten Peschke und Feliz nebeneinander.

Der Arzt und sein Fahrer steigen aus dem Wagen. Ein älteres Ehepaar wartet schon auf sie. Vor ihnen auf dem Boden liegt Zombie, der Alte mit den langen weißen Haaren. Daneben steht sein Einkaufswagen mit den Plastiktüten.

»Wie lange liegt er hier schon?« fragt der Arzt.

»Als wir ankamen, lag er schon da.«

Der Arzt kniet sich zu dem reglosen Alten und stößt ihn an. »Hallo. Hallo!«

Peschke und Feliz kommen näher, bleiben einen Moment stehen. Das blau kreisende Licht auf dem Dach des Krankenwagens erhellt in Intervallen gespenstisch die Szenerie. Neugierig tritt Feliz dichter heran, blickt auf Zombie in seinen zerlumpten Sachen. Der Arzt fühlt routiniert den Puls des Alten, legt sein Stethoskop auf dessen Brustkorb. »Der hat 's hinter sich.«

Feliz hat in Zombies Einkaufswagen ein völlig verdrecktes Stofftier entdeckt. Betrachtet es, nimmt es an sich. Hört Peschke rufen.

Der steht einige Meter weiter am wartenden Nachtbus. Feliz läuft zu Peschke.

Im Bus sitzen die beiden nebeneinander. Bis auf den Fahrer und einen weiteren Fahrgast sind sie allein.

Feliz wischt mit seinen Händen den Schmutz von Zombies völlig aufgeweichten Stofftier, dann schaut er zu Peschke. Der bemerkt den Blick des Jungen und erwidert ihn, ohne daß sich seine Miene auch nur ein wenig aufhellt. Feliz lächelt. Peschke nimmt es verwundert zur Kenntnis, starrt dann wieder vor sich hin.

Victor geht langsam eine dunkle Straße mit alten, heruntergekommenen Mietshäusern entlang. Trinkt aus der Schnapsflasche, läßt den Regen auf sich prasseln.

Eine Frau, knapp sechzig, steht in einem Hauseingang. Sie hat ihren Mantel nur lose über die Schultern geworfen und raucht.

Victor bleibt vor ihr stehen. »Haste 'ne Zigarette?«

Die Frau mustert ihn. Holt eine Schachtel aus ihrer Manteltasche, gibt Victor eine Zigarette und Feuer. «Kommste vom Papst?«

Victor schüttelt den Kopf, nimmt einen tiefen Zug und setzt sich auf die Treppe zum Eingang.

»Ganz schön einregnen werden die ...«, sagt die Frau. »Naja, selber schuld.«

Ein Mann betritt den Hauseingang. Die Frau erwidert seinen Gruß.

»'n Abend, Herr Menzel. Schlüssel liegt uff 'm Tisch.«

Victor, der bisher nur vor sich hin gestarrt hat, ist im Nu aufmerksam geworden. »Du sag mal, haste Zimmer hier?«

»Na, wat denkst 'n, wat det hier is, Herzblatt? Seit 35 Jahren leb ick davon. Früher war mein Oller hier Chef, aber jetzt liegt er unterm Rasen.«

»Und ... is noch was frei?«

»Für dich alleene?«

Victor schüttelt den Kopf, sagt nichts.

»Wo is 'n det Mädel?«

»Hat sich untergestellt.«

»Na, denn hol se mal her. 80 Mark mit Frühstück. Gibt Rabatt, für 'n Zimmer nach hinten raus.«

»Geht klar.« Victor ist jetzt wieder ganz wach und geht eilig los.

»Aber bezahlt wird im voraus«, ruft die Frau ihm nach.

Ein völlig heruntergekommenes Treppenhaus. Marode Wände, teilweise ohne Putz, vollgesprüht mit Graffiti, einige Fensterscheiben sind durch Pappe ersetzt. Patty geht die Treppen hoch, Jochen folgt ihr skeptisch.

Aus einer Wohnung dröhnt Drum&Bass. Patty steuert auf die Tür zu. Die ist offensichtlich mehrmals eingetreten worden, wird nur noch von ein paar Brettern zusammengehalten. Neben der Tür ein Sicherungsschrank. Patty öffnet ihn, greift auf einen der Stromzähler, sucht. »Scheiße«, flucht sie.

»Wollen wir nich doch lieber wieder zurückgehen? Ich mein' ...«

Patty antwortet nicht, statt dessen hämmert sie mit dem Fuß gegen die Tür, die etwas später einen Spaltbreit geöffnet wird. Patty schiebt sie entschieden auf, geht rein. Jochen folgt ihr.

Ein endloser Flur, von einer kahlen Glühbirne spartanisch beleuchtet. An der Seite stehen ein paar volle Müllsäcke, ein kaputtes Fahrrad, alte Klamotten liegen herum.

Patty geht in das Zimmer am Ende des Flurs. Ein kleiner Fernseher läuft, irgendein Video, dessen Ton sich auf infernalische Weise mit der lauten Musik aus einem der anderen Zimmer mischt. Auf dem Boden ein paar Matratzen, Bettzeug, eine Kiste als Tisch, Tape Deck und diverse Kassetten, leere Konserven, dreckiges Geschirr ... Ein schmaler, junger Mann hat sich auf einer der Matratzen eingerollt. Der Lärm hier scheint ihn nicht zu stören.

Patty rüttelt den Schlafenden derb. »Alex! Ich brauch die Bude. Penn vorne weiter. Alex. Alex!«

Erstaunt schaut Jochen sich um. »Dat sieht ja aus hier ...«

»Ist dir wohl nicht fein genug?« Patty rüttelt weiter. »Alex!«

Jochen fühlt sich deutlich unwohl. »Wollen wir nicht wieder zurück in dat erste ...«

Alex rappelt sich auf, sieht Patty aus verquollenen Augen an.

»Schieb ab nach vorne, ich brauch die Bude, okay?«

»Scheiße.« Ohne ein weiteres Wort des Widerstandes steht Alex auf. Schlurft, die Decke über der Schulter, aus dem Zimmer. Dabei drängelt er sich dicht an Jochen vorbei, grunzt ihn an.

Patty geht zum Fenster, wo die Heizsonne steht. Schaltet sie ein. »Sparst die Kohle. Sind alles Freunde von mir.« Sie hält ihre Hände gegen die Heizsonne. »Scheiß Kälte.« Jochen steht immer noch verunsichert in der Tür.

»Wohnst du hier?«

»Seh ich so aus? Ich mach mich mal fertig, okay?«

Sie geht aus dem Zimmer. Jochen nickt, eher unentschlossen.

Allein im Raum, macht er ein paar zaghafte Schritte und bemerkt, daß etwas an seinem Schuh kleben bleibt. Es ist ein Stück Zeitung, mit Marmelade beschmiert. Jochen zieht das Papier angeekelt von der Sohle, setzt sich deprimiert auf eine der Matratzen. Vor ihm auf dem Boden liegt die zerdrückte Rose. Er entdeckt eine halbvolle Mineralwasserflasche, stellt die Blume hinein.

Hanna steht noch immer am Brückengeländer. Unter ihr fließt schwarz das Wasser, wie zähes, dunkles Öl. Die letzten Regentropfen ziehen auf der Oberfläche kleine Kreise.

Hanna schaut reglos auf den Fluß. Sie zieht den Hundertmarkschein aus der Tasche, betrachtet ihn mit einer Mischung aus Gleichgültigkeit und Verachtung. Zwischen zwei Fingern läßt sie das Geld im Wind flattern.

»Nich Hanna! Hör auf. Ich ... ich hab ein Zimmer für uns.« Victor eilt zu ihr.

Hanna dreht sich nicht um. Hält den Schein über das Geländer.

»Verpiß dich.«

Victor schaut auf den Boden, dann wieder zu Hanna. »Es war doch nich so gemeint, echt ...«

»Bist auch nich besser als mein erster Kerl und die ganzen Ärsche.«

»Es war doch wegen dem Kind ... Ich hab dich doch ... hab dich doch lieb. Wie soll ich das bloß beweisen ...«

Hanna dreht sich um. Sieht ihn direkt an. Ihr Gesicht ist verquollen, die Lippen blutverschmiert. »Und das hier? Ist das vielleicht der Beweis?«

»Es ... es is doch ... auch ... auch mein Kind ... Hanna.«

Hanna dreht sich wieder weg. »Das Kind, das Kind! Und was soll das Kind essen? Wo soll 's pennen? Wir packen 's einfach nicht.«

Jetzt zieht Victor seinen Trumpf aus der Tasche. »Aber ich hab doch was gefunden, keine fünfhundert Meter! 80 Mark, mit Frühstück. Und keine blöden Fragen.« Zaghaft legt er seine Hand auf Hannas Rücken.

»Du ... du bist doch ganz naß.« Hanna schweigt, starrt auf das Wasser. Victor greift sanft den Geldschein, nimmt ihn Hanna langsam, ganz langsam aus der Hand. Sie läßt es geschehen. Dann dreht sie sich zu ihm um, sieht ihn an, sehr konzentriert. »Du rührst mich nicht an. Daß das klar ist.« Ganz leise hat sie es gesagt. Ganz eindringlich und bestimmt.

Peschke öffnet seine Wohnungstür. Betritt den Flur. Pudelnaß. »So. Naja. Oje ...«, seufzt er in einem fort. Feliz folgt ihm. Hat noch immer das Stofftier in der Hand. Betrachtet neugierig die teure Einrichtung und den hellen Belag auf dem Boden.

An der Tür bereits zieht Peschke seine Schuhe aus. Sieht dabei Feliz mit seinen abgelatschten, verdreckten Turnschuhen auf dem Fußbodenbelag. »Hey, aber! Schuhe aus. Zapatos, comprender?« Peschke spricht mit bemüht leiser Stimme, als könnten seine Nachbarn ihn hören. Feliz stellt seine Reisetasche ab, legt das Stofftier darauf, zieht seine Schuhe aus.

»Und sieh dich ja nicht um hier. Bin nicht auf Besuch eingestellt.« Ungebügelte Hemden auf dem Hometrainer und am Wohnzimmerfenster.

Peschke, entschuldigend: »Bei euch in Afrika ist auch nicht immer aufgeräumt, was? Oder?«

Zum Wohnzimmer gehört eine sogenannte amerikanische Küche. Dort genehmigt sich Peschke erst mal einen großen Whisky, während Feliz sich weiter umsieht. Stahlrohrmöbel. Glastisch, edle Grautöne. Allerdings liegen überall Papiere herum, Berge von Abwasch, auf dem Tisch noch die Kaffeetasse vom Frühstück.

»Telefonieren, he?« Plötzlich wirkt Peschke wieder entschlußfreudig. Er hat den Zettel mit der Adresse in der Hand. »Nombre amigo, he? Nombre amigo.« Er geht zum Telefon, wählt die Nummer. Der Ruf geht in die Nacht. Peschke wartet.

Gerade betritt Ricardo seine Wohnung, als er es klingeln hört. Er stürzt zum Apparat. »Hallo? Nduadiki ...«

»Peschke. Hendrik Peschke. Fehlt Ihnen was?«

»Ja ich ... ich hatten kleine Unfall. Wie geht es dem Jungen?«

»Da fragen Sie mich mal lieber, wie es mir geht, ja. Wissen Sie, was ich mit dem Bengel durchhabe?«

»Ja, ich komm gleich vorbei und holen ...«

»Ja, nee«, unterbricht Peschke, »da kommen Sie heute nicht mehr, weil ich geh nämlich jetzt ins Bett. Ich muß morgen früh raus. Ich bin in einer Firma, verstehen Sie? Holen Sie ihn morgen früh ab. Corneliusstraße 12.«

»Ich kommen um acht ... Und vielen Dank, Herr Peschke.«

Ricardo läßt sich rücklings auf sein Sofa fallen und stößt, den Hörer immer noch in der Hand, einen enormen Jubelschrei aus.

Der ist so laut, daß Peschke seinen Telefonhörer einige Zentimeter vom Ohr wegnimmt. Dann legt er auf, wendet sich Feliz zu: »Morgen früh. Morning, he? Mañana, amigo.«

Feliz strahlt. Und plötzlich geht er auf Peschke zu, umarmt ihn einfach. Peschke steht da und weiß nicht recht, wie ihm geschieht. »Ach ... Wird gut. Wird alles gut ...« Er stellt sein Whiskyglas ab. Wohin nun aber mit den Händen? Legt die linke auf den Rücken des Jungen. »Ja, alles wird gut ...« Mit der rechten streicht er Feliz behutsam über den Kopf. Hält ihn fest. Drückt ihn linkisch an sich. Verlegen und dankbar. Wann zuletzt hat er gespürt, daß jemand ihn gern hat. Und Feliz bleibt regungslos in dieser Umarmung.

Jochen geht auf den Flur der heruntergekommenen WG, er sucht Patty, schaut sich vorsichtig um. Dann sieht er, daß die Tür zum Bad nur angelehnt ist, zögert kurz, geht schließlich hinein.

Patty sitzt auf dem Fußboden, den Rücken an die Wand gelehnt. Sie ist barfuß und hat einen Ledergürtel um ihr Fußgelenk gebunden, damit die Adern stärker hervortreten.

»Was ... Was machst du denn da?« Jochen ist genauso überrascht wie ratlos.

»Hau ab«, erwidert Patty, ohne ihn anzusehen, und greift sich eine Spritze.

»Ich hab dich was gefragt!« Jochen hockt sich zu ihr auf den Boden.

»Laß mich in Ruhe, klar?«

»Was du da machst, möchte ich wissen.« Er greift ihre Hand mit der Spritze, zieht sie vom Fuß weg.

»Sag mal, spinnst du?« schreit Patty ihn an.

»Ob ich spinne? Ich? Was ist denn das für 'n Zeug, was du da nimmst?«

»Laß mich los! Das geht dich gar nichts an ...«

»Das geht mich nichts an? Denkst du, ich hab dir die 500 Mark gegeben, damit du dir sowas davon kaufst?«

»Du hast mir das Geld nicht geschenkt.«

Jochen wird immer lauter: »Das ist doch krank, ist das. Nimmst dieses Zeug und pennst dafür mit irgendwelchen widerlichen Typen. Du bist 18, wenn überhaupt!«

»Den Job hab ich mir ausgesucht, klar? Ich verdiene 'ne Masse Kohle dabei. Und von dir laß ich mir gar nichts sagen!«

Patty führt die Hand mit der Spritze wieder zum Fuß. Jochen aber packt so zu, daß Patty die Spritze aus der Hand fällt. Er zerrt das Mädchen hoch.

»Laß mich los!«

»Du nimmst das nicht, nicht solange ich hier bin. Laß das sein!«

Patty schubst Jochen weg. Er fällt, knallt rücklings gegen die Badewanne. »Bauer! Stinkst nach Kuhstall.« Sie will ihre Spritze aufheben. Aber da ist Jochen plötzlich wieder bei ihr, ohrfeigt sie heftig. Einen Moment lang ist Patty derart überrascht, daß sie zu keiner Gegenwehr fähig ist. Doch dann will sie weg, schreit. Jochen ist nun außer sich. Er packt Patty, stößt sie gegen die Wand, schlägt mit beiden Händen auf sie ein. »Du nimmst das nicht. Verdammte Scheiße ... Du bist doch krank.« Patty duckt sich unter seinen Schlägen. »Hör auf. Hör auf! Alex! Hilfe!« Sie schreit verzweifelt, ihre Stimme überschlägt sich. Doch Jochen hört nicht auf.

Alex kommt ins Bad gestürzt, reißt ihn von Patty weg. Jochen stößt Alex zur Seite, aber da ist plötzlich noch ein anderer WG-Bewohner zur Stelle. Alex gelingt es, Jochen festzuhalten. Der andere schlägt ihm mit der Faust ins Gesicht. Jochen stürzt, doch wieder wird er hochgezerrt und erhält einen Tritt zwischen die Beine.

Jochen sackt zusammen. Er liegt auf dem Fußboden, während Alex und der andere auf ihn eintreten.

Inzwischen ist Patty zu ihrer Nadel gekrochen, zieht erneut den Gürtel am Fußgelenk fest, spritzt sich. Endlich. Dann lehnt sie den Kopf an die Wand, atmet tief und immer ruhiger. Die beiden jungen Männer lassen ab von Jochen, der sich überhaupt nicht mehr wehrt. Das Atmen der vier Menschen im Raum markiert die Stille. Patty schließt die Augen. Alex und der andere gehen aus dem Bad.

Jochen bleibt am Boden liegen. Er bewegt sich kaum. Patty schaut zu ihm, abwesend, emotionslos, mit ganz leerem, glasigen Blick.


Victor tastet nach dem Lichtschalter und knipst die Deckenlampe an. Hanna steht in der Tür und betrachtet das hellerleuchtete Pensionszimmer. Ein Lächeln überzieht ihr Gesicht. »Geil!«

Das Zimmer ist sehr schlicht, aber sauber. Zwei spartanische Betten, kleiner Fernseher, Blümchentapete, kitschige Landschaftsfotos ordentlich an der Wand aufgehängt. Hanna geht im Raum umher, schaut sich um, ergreift Besitz von ihm, während Victor eher bedächtig die Tür schließt, sich noch etwas fremd fühlt.

»Hey, Victor. Sogar 'ne Glotze haben die hier.« Sie schaltet den Fernseher an. Nach einem Weilchen erst kommt das Bild: Der Papst bei der Zeremonie im Olympiastadion.

Hanna hat sich schon dem Bett zugewandt. » 'n Bett, ich faß es nicht.« Sie riecht am Kopfkissen. »Ah! Riecht nach Flieder, das Zeug.«

Victor zieht ihr den Mantel aus, ein bißchen mit dem Gestus des Gentleman, der das alles organisiert hat.

»Oh warte, ich muß mal kurz gucken, warte.« Hanna geht mit der Vorfreude eines Kindes am Heiligabend schnurstracks zur Badtür, öffnet sie, schaut in den winzigen Raum mit einer altmodischen Plastikdusche. » 'ne Dusche, geil. Nur für uns alleine, Victor! 'ne Dusche.«

Plötzlich wird Hanna ganz ruhig, setzt sich auf eines der Betten. Die Tränen kommen ihr vor lauter Glück. Impulsiv umarmt sie Victor und weint.

Victor lächelt vor Freude, streichelt Hanna.

»Wird schon.« Seine Stimme klingt ebenso liebevoll wie zuversichtlich. Die Liturgie aus dem Fernseher untermalt merkwürdig die Situation.

Hanna löst sich behutsam aus der Umarmung. Sie ist immer noch fasziniert und gerührt. Lächelnd schaut sie Victor jetzt an, streichelt sein Gesicht. Victor schließt die Augen, um ihre Finger zu spüren. Dann nimmt sie ihm den Schal ab. Er zieht seine Jacke aus. Kommt langsam in Stimmung. »Warte«, flüstert Hanna. »Ich geh mich noch duschen, ja?« Sie steht auf, geht ins Bad. Victor schaut ihr nach, voller Erwartung.

Hanna zieht sich aus und stellt sich unter die Dusche. Greift nach der Brause, dreht den Warmwasserhahn auf. »So 'ne Dusche ist doch 'ne herrliche Erfindung, wa Victor? Victor?«

»Wie? Ja«, ruft Victor zurück, während er die beiden einzelnen Betten eilig zu einem Doppelbett zusammenschiebt.

Hanna steht unter der Dusche, lediglich die Füße

und die Hand unter dem Wasserstrahl. »Wird gar nich warm die Scheiße ...« Trotzdem wäscht sie sich, rubbelt ihren Körper mit den Händen warm. »Verdammt nochmal, echt. Warum muß ich immer Pech haben? Warum kann ich nich mal 'n bißchen Glück haben?«

Victor schaltet die Nachttischlampe an. Legt seinen Schal über den Schirm, das Licht ist jetzt dunkler und weicher und verbreitet ein bißchen romantische Stimmung. Whiskas schaut Victor zu, wedelt mit dem Schwanz.

»Sag mal, können die in dieser popligen Absteige nich 'n bißchen warmes Wasser haben? Ich verlang' ja gar nichts Besonderes. Keine Badewanne, kein' Swimmingpool, nur 'n bißchen warmes Wasser. Scheiße, echt.«

Victor hat Hannas Kopfkissen ganz dicht neben seins gezogen und sich rücklings auf eines der Betten gelegt, die Arme hinterm Kopf verschränkt. Bibbernd läßt Hanna das kalte Wasser über ihren Körper laufen. »Kaum denkste, du bist aus 'm Schneider, schon ham 'se dir wieder ins Knie gefickt! Scheiße!«

Vorm Fernseher hockt Whiskas, betrachtet den Papst bei seiner Zeremonie und gähnt.

Hanna schaltet die Dusche aus, bindet sich ein großes Handtuch um und kommt ins Zimmer. »So, Victor. Jetzt gehst du duschen. Hat der alte Drachen eigentlich nichts gesagt, von wegen Warmwasser und ...« Sie hält inne, denn Victor ist auf dem Bett eingeschlafen. Enttäuscht hockt Hanna sich neben ihn. »Victor?« Sie streicht ihm übers Haar. Er schläft so tief, daß er sich nicht ein bißchen regt. »Idiot«, sagt Hanna sanft, aber auch bedauernd.

Peschke steht im Bad, trocknet sich ab. Betrachtet sein Gesicht im Spiegel. Er sieht abgespannt aus, zerzaust, überhaupt nicht akkurat. »Ach, mein Gott ...«, seufzt er.

In diesem Moment geht die Tür auf, Peschke fährt erschrocken herum. Feliz tritt ins Bad, nur noch in Turnhose. Schlagartig wird Peschke bewußt, daß er nackt ist. Er bedeckt sich mit einem Handtuch, während Feliz schon am Klo ist, ganz selbstverständlich den Deckel hochklappt und zu pinkeln beginnt. Peschke schlingt sich das Handtuch um die Hüfte, verläßt das Bad, zieht die Tür fest ins Schloß und schaut sich verärgert um. Man hört es plätschern.

Feliz legt sich auf die Wohnzimmercouch, deckt sich zu. Auf dem Tischchen neben der Couch sieht er eine Fernbedienung. Er schaltet den Fernseher ein. Auf dem Bildschirm: Der Papst, immer noch bei seiner Zeremonie ... Feliz wechselt den Kanal: Ein ordentlich frisierter Politiker in Schlips und Anzug sagt in sehr wichtigem Ton: »Auch ich bin auf der Suche nach ...« Der Junge schaltet erneut um: Ein Softporno. Nun macht Feliz es sich bequem auf der Couch.

Peschke betritt in Bademantel und mit Kopfkissen das Wohnzimmer, hört das heftige Gestöhn. Und schreitet energisch zur Tat: Macht den Fernseher aus und nimmt dem enttäuschten Feliz die Fernbedienung weg. Dann legt er ihm das Kopfkissen hin. »Hier. Schlaf mal schön.« Er streicht dem Jungen über den Kopf, dann geht er. Feliz schaut ihm nach. Da dreht sich Peschke noch einmal um, lächelt und winkt etwas unbeholfen. »Buenas noches, amigo. Buenas noches.«

Er schaltet das Licht aus. Der Junge kuschelt sich ins Kopfkissen. Und horcht in die Stille. Auf die entfernten Geräusche der noch fremden Stadt, auf den jetzt ruhigen Atem einer anderen Welt.

Jochen liegt in dem verdreckten, chaotischen WG-Zimmer auf einer Matratze. Seine Lippe ist dick und blutig, auch an der Stirn hat er eine Platzwunde. So starrt er vor sich hin und schaut auch nicht auf, als Patty den Raum betritt. Sie hockt sich zu ihm. Betupft mit einem nassen Handtuch seine Wunden. Jochen registriert es, vermeidet aber den Blickkontakt.

«Halt fest, mußt du kühlen.»

Jochen nimmt das Handtuch, dabei berühren sich ihre Hände. Patty dreht sich weg, bleibt aber neben Jochen sitzen. Sie starrt auf den Fernseher: Der Papst bei seiner Zeremonie. Er dankt Gott, dem allmächtigen Vater, der inmitten einer gespaltenen und zerrissenen Menschheit Bereitschaft zur Versöhnung schenke.

Patty sieht Jochen nicht an. »Glaubst du, daß man in' Himmel kommt, wenn man tot ist?« Jochen hört ihren Worten nach, auch er sieht sie nicht an. »Oder in die Hölle.«

»Komm ich da hin ...« Wie ein Kind legt Patty ihren Kopf auf das Kissen, das Jochens Brust bedeckt. Die beiden sind sich mit einem Male sehr nahe. Jochen kann Pattys Gesicht nicht sehen.

»Wenn du willst, hol ich dich raus hier. Verdien' tu ich genug. Arbeit is auch. Meine Mutter, mit der verstehst du dich. Mit den Viechern auch.« Jochen lächelt.

Er spricht langsam, sehr leise. »Zu Anfang sehn ja alle gleich aus. Kuh is Kuh. Aber wenn du die näher kennenlernst, merkst du, die haben Charakter. Wenn die ihre Kälber kriegen, ein Theater, nachts ... Du glaubst gar nich, wie sich das anfaßt. So 'n kleines Kalb. Ganz warm. Und naß. Glitschig. Von der Fruchtblase. Is ja unheimlich viel Flüssigkeit da drin. Denkt man gar nicht.« Er hält inne, schaut zu Patty. Sie hat schon seit einer Weile ihre Augen geschlossen. Ein bißchen ist Jochen enttäuscht. Ganz vorsichtig, um sie nicht zu wecken, zieht er eine Decke über ihren Oberkörper. Patty reagiert erst nicht, liegt ganz still, dann öffnet sie die Augen, scheint plötzlich wieder ganz wach zu sein. Jochen bemerkt es nicht. Stille. Nur die leise Stimme des Papstes.

Laute Punk-Musik. Tom steuert Peschkes BMW. Die anderen schlafen in der Enge des Autos. Dämmerung.

Tom sieht übermüdet aus. Der Wagen holpert über einen Feldweg. Schließlich hält Tom an. Er schaut zu den anderen, die immer noch schlafen. Einen Augenblick überlegt er, dann stellt er den Motor ab, schaltet den Recorder aus. Eine fast unheimliche Stille. Nur das ruhige Atmen der anderen. Tom greift seine Jacke, deckt sich zu. Die Ruhe und der Anblick von Stummel und der Rothaarigen, die sich auf dem Rücksitz umarmt halten, machen ihn nachdenklich, beinahe traurig. Er zieht an seiner Zigarette, schaut in den anbrechenden Morgen. Das Licht ist milchig.

Peschkes Wohnzimmer ist hell erleuchtet vom beginnenden Tag. Feliz wird vom Telefonklingeln wach. Schaut sich verwundert um. Peschke stürzt ins Zimmer, bereits frisch rasiert und gekämmt, im blütenweißen Hemd. Während er telefoniert, versucht er, sich die Krawatte zu binden. »Peschke, ja bitte?« Plötzlicher Tonfallwechsel ins Devote: »Guten Morgen, Doktor Schneider.« Peschke wird unterbrochen, seine Miene wird sorgenvoll, seine Gestalt zunehmend gebeugt. »Ja ... Wo ich war? Ja, mein Gott, wo war ich denn? Also, man hat mir mein Auto gestohlen und ... mit Telefon. Deshalb hab ...« Wieder muß Peschke innehalten und zuhören. »Nein! Sie ist schon angekommen!? Oh Gott ... Ja, selbstverständlich. Selbstverständlich komme ich sofort. Ich bin sof ... Es tut mir außerordentlich leid, Herr Dok ...« Der Chef hat aufgelegt.

Panik bei Peschke. »Scheiße, Scheiße. Mein Gott, Scheiße.«

Er wendet sich eilig an Feliz, der ihn die ganze Zeit beobachtet hat und immer noch auf der Couch liegt. »So, aber jetzt den Hintern hoch hier. Der gute Onkel muß arbeiten, ja?! Comprender? Arbeiten. Und das ganze 'n bißchen Zack. Hoppi, hoppi. Ja? Tiempo, tiempo, amigo.«

Er klatscht in die Hände.

Vor Peschkes Haus steht ein Taxi. Der Fahrer reinigt mit einem Handstaubsauger den Rücksitz. Es ist der dicke Berliner, der sowohl Jochen als auch Hanna und Victor gefahren hat. Nun entdeckt er unterm Sitz eine

Ausweishülle. Er nimmt sie in die Hand. Auf der Rückseite ist ein Kinderfoto angeheftet. Auf der Vorderseite: Die Monatskarte mit Hannas Paßbild.

»Oh, Mann«, seufzt der Fahrer.

Peschke kommt aus dem Haus, eilt zum Taxi. Feliz geht neben ihm her, schleppt wieder seine Reisetasche und hält das Stofftier unterm Arm. Peschke redet auf ihn ein. »So, ich muß los. Du wartest hier, bis dein Freund kommt, ist das klar? Du rührst dich keinen Schritt von der Stelle, amigo. Esperar a Ricardo, aqui. Okay?« Die beiden bleiben stehen.

Feliz nickt. »Vielen Dank.« Er hat die fremden Worte vorsichtig gesprochen, mit starkem Akzent.

Peschke verharrt, staunt. »Schau mal an, reden kann er auch.«

Der Junge kratzt sich am Kinn, ohne seinen Blick von Peschke zu wenden. Auch Peschke ist verlegen. Dann holt er sein Portemonnaie aus der Hosentasche. Schließlich zieht er einen Hundertmarkschein heraus, drückt ihn Feliz in die Hand. »Für alle Fälle.«

Er streicht dem Jungen noch einmal leicht über den Kopf, geht dann schnell und entschlossen zum Taxi. Steigt ein. »Böhlke-Schwermaschinenbau-GmbH, Tempelhof. So schnell wie möglich bitte.« Das Auto fährt los. Peschke dreht sich nicht mehr um. So kann er nicht sehen, wie Feliz ihm hinterherwinkt. Peschke atmet aus, schaut auf seine Uhr. Er schüttelt den Kopf, wohl über sich selbst, sagt leise und ziemlich klar: »Ich bin und bleibe eben eine Null.«

Morgenlicht scheint durch die verdreckten Fenster in ein unaufgeräumtes Zimmer. Jochen liegt mit Patty auf einer der Matratzen, beide sind angezogen. Er hält sie in den Armen, wie ein Vater seine Tochter. Jochen blinzelt ungläubig in den Raum, faßt sich an die Wunde auf der Stirn, verzieht das Gesicht. Dann steht er auf, behutsam, um Patty nicht zu wecken. Doch sie schläft schon lange nicht mehr. Kaum hat Jochen das Zimmer verlassen, schlägt Patty die Augen auf, ist ganz wach.

Im Bad. Verdreckte Kacheln oder nackter Putz, wo ehemals Kacheln waren. Jochen dreht den Wasserhahn auf, wäscht sich vorsichtig das Gesicht. Er schaut sich um, entdeckt auf dem Badewannenrand ein Handtuch. Nimmt es mit spitzen Fingern, riecht daran, legt es angewidert wieder hin. Mißmutig wendet er sich dem brillenlosen Klobecken zu. Er guckt hinein, flucht laut, voller Ekel: »Äääh! Schweinskram dat alles.« Betätigt die Spülung. Dann wischt er den Beckenrand mit Klopapier notdürftig sauber, legt weiteres Klopapier als Unterlage drauf. Gerade, als er seine Hose heruntergezogen hat und sich auf 's Klo setzt, betritt Alex völlig verpennt das Bad. Jochen erschrickt, packt instinktiv seine Hose, um sie ein Stück hochzuziehen. Alex begreift die Situation, grunzt und wankt wieder hinaus.

»Junge, Junge!«, seufzt Jochen und versucht, sich auf dem Klo ein bißchen zu entspannen.

Patty ist aufgestanden, schnappt sich Jochens Jacke, greift in die Innentasche. Rasch befördert sie die verbliebenen Geldscheine zutage. Es sind immer noch sechshundert Mark. Sie legt die Jacke zurück auf ihren Platz. Die Scheine steckt sie in ihre Socke. Dann zieht sie sich eilig ihre Jeans an. Dabei fällt ihr Blick auf die inzwischen verkümmerte Rose in der Mineralwasserflasche. Patty verharrt einen Moment, zögert, schließlich nimmt sie aus dem Bündel Scheine einen wieder heraus und steckt den Hunderter zurück in Jochens Jackentasche. Sie hört Schritte vom Flur. Setzt sich auf 's Bett, als wäre sie gerade wach geworden.

Im Pensionszimmer. Höllisches Getöse von draußen: ein Preßlufthammer, Bohrgeräusche, das Rütteln einer Betonmaschine, das Klappern von Metallträgern. Dazwischen die Rufe von Bauarbeitern. Der Fernseher läuft immer noch: Eine Zusammenfassung des gestrigen Papstbesuches. Der Ton wird von der Baustelle jedoch nahezu überdeckt. Plötzlich klingelt auch noch das Telefon und hört nicht mehr auf.

Whiskas, der zu Füßen des improvisierten Doppelbettes liegt, läßt sich von all dem Lärm nicht stören. Aber Victor wird wach. So wie er eingeschlafen ist, rücklings und mit Sachen, blickt er sich im Raum um, versucht erst mal, sich zu orientieren. Er blickt zum Fenster hinaus, wo sich die Füße von Bauarbeitern auf dem Gerüst hin und her bewegen. Dann greift er zum Telefonhörer. »Ja ... Was?« Er hält sich das freie Ohr zu. »Kannste nich mal 'ne Ausnahme machen?« Nein, keine Ausnahme. »Wann müssen wir raus?!« Die Pensionsbetreiberin hat aufgelegt.

»Hanna. Hanna, aufstehen!« Er geht zu ihrer Bett-
seite. »Komm. Steh auf! Wir müssen.«

Sie hat sich vollständig unter ihrer Bettdecke einge-
mummelt. »Mann, laß mich in Ruhe ...«

»Is halb elf. Um zehn muß man raus sein!« Victor
zieht die Bettdecke zurück. Mit einem unwirschen
Maulen reagiert Hanna auf die plötzliche Helligkeit.
Neben ihr liegt die leere Schnapsflasche. Victor
nimmt sie. »Oh nein, Hanna, mußte das sein? Das
Frühstück haben wir auch verpaßt!«

»Laß mich.« Hanna beginnt, sich aufzurappeln.

»Die ganze Pulle haste leergesoffen.« Victor hält sie
ihr demonstrativ vor die Nase. »Mußte das sein? Kannste dich nicht 'n bißchen zusammennehmen?«

»Was is los?«

»Die Pulle! Komm, wir müssen raus hier.«

Sie steht nicht auf. Im Gegenteil.

»Hanna ...« Victor weiß sich keinen Rat mehr. Dann
beugt er sich zu ihr hinunter, küßt ihren Nacken, saugt
sich fest und prustet. Aus dem Fernseher ist der Papst
mit seinem Singsang zu hören: » ... und führe uns nicht
in Versuchung ...« Victor küßt Hannas Schulter. Langsam wandert sein Mund an ihr herunter. Hanna
lächelt.

»Aufstehen«, flüstert er, aber das ist jetzt nur noch
rhetorisch gemeint. Sie dreht sich auf den Rücken. Sie
muß kichern. Sein Mund in ihrem Schoß. Hanna legt
ihre Hand zärtlich in seine Haare.

Dann beginnt sie, Victor auszuziehen. Ganz ernst
schauen sie sich an. Hanna küßt sein Gesicht, wieder
und wieder. Victor atmet heftig. » ... denn dein ist das

Reich und die Kraft und die Herrlichkeit, in Ewigkeit. Amen.«

Plötzlich klopft es an der Tür. »Fertigwerden«, ruft energisch die Pensionsbetreiberin. »Ick muß det Zimmer machen. Is schon halb elfe.«

Whiskas läuft bellend zur Tür. Im Fernsehen segnet der Papst. Die Baustelle lärmt und dröhnt. Das ganze Zimmer vibriert.

Hanna und Victor hören und merken es nicht. Hören auch nicht, wie der Papst ausruft: »Gehet hin in Frieden ...« Sind ganz auf sich und ihre Lust konzentriert. Fallen übereinander her. Wild. Laut.

Hanna setzt sich auf Victor. Sie umarmen sich, lösen sich voneinander, umarmen sich wieder.

Aber Victor hält plötzlich inne: »Ohh, warte mal ...«

Hanna: »Immer mit der Ruhe.«

»Hilfst du mal ...«, bittet er. Hanna greift ebenso zärtlich wie geübt zu. »Aahh«, stöhnt Victor befreit auf. »Jetzt isser ... jetzt isser drin ...«

Hanna lacht, voller Wonne, frei und gelöst. Ihr Lachen übertönt sogar den Baustellenlärm, so glücklich ist sie.


Patty und Jochen treten aus dem heruntergekommenen Haus auf die Straße, wo mittlerweile wieder die Geschäftigkeit des Alltags herrscht, auch und gerade in dieser düsteren Altbaugegend.

Patty hat es eilig, will Jochen loswerden. »Zum Bahnhof geht 's da lang. Ich muß zur U-Bahn, hab noch was vor.«

»Ich ... ich bring dich noch, ne.«

»Es sind nur 'n paar Meter.«

»Hab ja noch Zeit, ne.«

Patty verdreht die Augen. Geht in ihre Richtung. Jochen folgt ihr mit seinem schweren, tapsigen Gang. »Ich fahr ja erst nachmittags, werd mich mal noch 'n bißchen umschauen, ne. Is ja doch mal wat janz anderes hier in der Stadt.«

Am Eingang zur U-Bahn bleibt Patty abrupt stehen, reicht Jochen mit bewußter Distanz die Hand. »Mag keine Abschiedsszenen.«

Jochen gibt ihr ebenfalls die Hand. Ganz förmlich, die Verabschiedung. Dann sagt er plötzlich, als wäre ihm soeben erst der Einfall gekommen: »Ach, meine Adresse werd ich dir mal noch geben.«

Er greift in die Innentasche seiner Jacke, Patty zuckt augenblicklich zusammen, doch dann holt er nur die Boulevardzeitung heraus und krakelt mit einem Kugelschreiber seine Adresse auf den Rand. Patty beobachtet ihn. Will möglichst schnell weg. Er reißt die Adresse ab, gibt sie ihr. »Kann ja sein, dat du mal vorbeikommst, ne.«

»Mach 's gut.« Patty geht eilig die Treppe zur U-Bahn hinunter. Ohne sich noch einmal umzudrehen.

»Kannst ja mal schreiben, ne«, ruft ihr Jochen fröhlich hinterher.

Als Patty in der U-Bahn-Unterführung angelangt und sicher ist, daß Jochen sie nicht mehr sehen kann, verlangsamt sie ihr Tempo. Sie schaut auf den Zettel mit Jochens Adresse, überlegt einen Moment, dann zerknüllt sie ihn mit einer entschiedenen Handbewegung. In der Mitte des langen Ganges sitzt ein Straßenmusiker, spielt auf seinem Akkordeon. Im Vorübergehen wirft Patty den Zettel in den Instrumentenkasten. Dann verschwindet sie in der Tiefe des Ganges.

Peschkes BMW. Die Startbahn eines alten Militärflughafens liegt hinter dem Auto, weit und breit keine Häuser, keine Menschen.

Die Jugendlichen schlafen eng aneinander geschmiegt in dem Wagen. Es ist hell, fast gleißend. Weißes kaltes Licht.

Stummel wacht auf, beugt sich ein wenig nach vorn. Schaut sich überrascht um. Dann stößt er die Rothaarige an. »Eh. Wach auf. Ehhh!« Das Mädchen öffnet widerwillig die Augen, allerdings nur einen schmalen Spalt. Sie schaut nach draußen, richtet sich auf und wird ganz wach.

»Geil.« Und dann zu Stummel: »Mach mal Mugge an.«

Der beugt sich über den Vordersitz, schiebt eine Kassette in den Recorder, dreht volle Pulle auf: Wilder, ungestümer Heavy-Metal-Sound. Tom auf dem Fahrersitz schrickt aus seinem Schlaf auf. Auch die anderen werden wach. Die Rothaarige öffnet die Autotür, der Wind fährt ihr in die Haare, sie steigt aus, klettert über den Kühler auf das Autodach, läßt sich durchpusten. Sie streckt die Arme weit vom Körper weg, als wolle sie abheben und fliegen. Vor ihr die Ostsee. Überall Dreck, Tang, leere Plastikflaschen und Reste von Tüten. In einiger Entfernung große Betonkästen: Irgendwelche alten Militärobjekte.

Jetzt steigen bis auf Tom auch Stummel und die anderen aus dem Wagen, kneifen vom Tageslicht geblendet die Augen zusammen, schauen sich um. Zwei Jungs zünden sich im Windschutz des Wagens ihre Morgenzigaretten an. Stummel geht zum Kofferraum, sucht darin herum.

Plötzlich das Klingeln des Handys im Auto, wie ein Ruf aus einer anderen Welt. Der penetrante Ton vermischt sich mit dem Heulen des Windes und der Musik. Tom sieht auf den Apparat, läßt ihn klingeln, steigt dann ebenfalls aus.

Die Rothaarige auf dem Dach. Der Wind heult ihr um die Ohren, reißt an ihren Haaren, fährt in die Kleidung. Aber sie friert nicht, schließt für einen Moment die Augen. Bewegt sanft, aber voller Kraft ihren Kopf zur Musik, die das Dach unter ihren Füßen vibrieren läßt.

Inzwischen hat Stummel den Reservekanister im Kofferraum gefunden. Er öffnet ihn, schüttet das Benzin auf die Polstersitze des Wagens. Einer der Jungs zieht noch einmal kräftig an seiner Zigarette, wirft sie dann ins Auto. Der BMW geht in Flammen auf. Alle springen zurück. Auch die Rothaarige bemerkt das Feuer, bleibt aber wie im Rausch auf dem Dach stehen. Die Flammen schlagen immer höher, dunkler Qualm quillt aus dem Wagen. Das Mädchen ist wie in Trance. Die anderen stehen erstarrt, halten die Luft an. Dann aber, endlich, springt die Rothaarige doch mit einem großen Satz herunter.

Sie gesellt sich zu den anderen, die sich übermütig anrempeln. Ihr Gelächter vermischt sich mit den Gitarren, dem Wind und dem Klingeln des Telefons. Das alles ergibt einen seltsamen Ton. Immer wieder werfen sich Tom, Stummel, die Rothaarige und die anderen Blicke zu, schreien, lachen, so laut sie können. Plötzlich, mit einem lauten Knall, explodiert der Tank.

Augenblicklich ist die Musik weg. Die Gruppe hält inne, mit ernsten, ruhigen Gesichtern stehen sie nun da, schauen auf das brennende Auto. Das Knistern der Flammen. Der Wind. Schwarzer Rauch im weißen Himmel. Und immer noch das Klingeln des Funktelefons, wieder und wieder.

Feliz (Ricardo Valentim) und Peschke (Michael Gwisdek)

vorige Seite: Patty (Susanne Bormann)

Jochen (Oliver Bäßler) und Patty (Susanne Bormann)

Victor (Dominique Horwitz) und Hanna (Meriam Abbas)

Ricardo (Ade Sapara) und Rita (Imogen Kogge)

Peschke (Michael Gwisdek), Kellnerin (Dagmar Sitte)
und Zeitungsverkäufer (Rolf Fahrenkrog-Petersen)

Polizist (Axel Prahl), Victor (Dominique Horwitz)
und Hanna (Meriam Abbas)

Jochen (Oliver Bäßler) und Patty (Susanne Bormann)

Peschke (Michael Gwisdek) und Feliz (Ricardo Valentim)

Hanna (Meriam Abbas) und Victor (Dominique Horwitz)

rechts: Peschke (Michael Gwisdek) und Feliz (Ricardo Valentim)

Patty (Susanne Bormann) und Jochen (Oliver Bäßler)

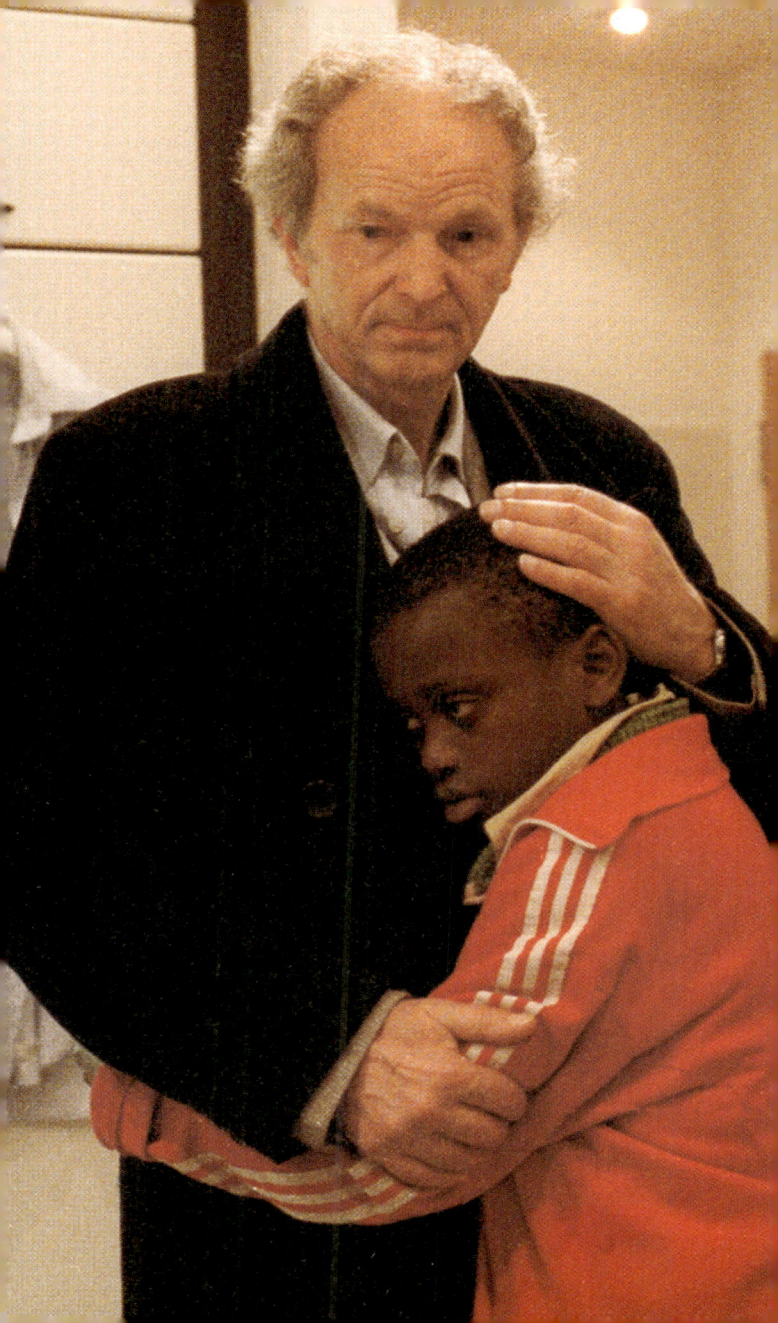

Victor (Dominique Horwitz) und Hanna (Meriam Abbas)

Patrick Marschner, Juliane Trautmann, Max Dengler, Eralp Hüseyin Uzun, Tristan Guercovich, Josefine Leuschner, Daniela Dietze

## GESPRÄCH MIT ANDREAS DRESEN
## (DREHBUCH UND REGIE)

*Die Geschichten, die Du in »Nachtgestalten« erzählst, haben einen starken authentischen Bezug. Wie hast Du sie gefunden?*

Das Ganze begann schon 93. Bei den Recherchen für einen Dokumentarfilm über ein Kinderheim stieß ich auf die Problematik von Kindern, die alleine nach Deutschland einreisen, um perspektivisch hier einen Asylantrag zu stellen. Ich stellte mir vor, wie so ein Kind wohl unsere Welt sieht, wenn es quasi auf dem Flughafen mitten hineingeworfen wird. Und wie es wäre, so ein Kind mit jemand zu konfrontieren, der die Spielregeln auf dem Weg zu gesellschaftlichem Erfolg gut kennen müßte, beispielsweise mit einem Manager ... Das war die Wurzel der Peschke-Geschichte.

Ich begann, nach ähnlichen Situationen zu suchen, die in einer Nacht in Berlin spielen sollten.

Laila Stieler, eine gute Freundin und Kollegin, hatte in einer Zeitschrift von einer Obdachlosen gelesen, die beim Betteln plötzlich 100 Mark in ihrer Schachtel hatte. Davon wollte sie sich einen schönen Abend machen, gemeinsam mit ihrem Freund. Diese Ausgangssituation fand ich ungeheuer anregend und entwickelte daraus die Odyssee dieser beiden durch die Berliner Nacht.

Am schwersten war es, die Geschichte von Patty und Jochen aufzubauen, weil sie sich am stärksten an das vorhandene Material anlehnen mußte. Zu Anfang war das alles viel romantischer und auch sentimentaler, eher so eine »Pretty Woman«-Konstellation. Dann wurde Patty zum Junkie, und die Geschichte nahm automatisch einen viel drastischeren, härteren Verlauf.

*Und wie kam der Papst in den Film?*

Mir war klar, daß ein übergreifendes Ereignis die Geschichten bündeln und ideell zusammenhalten müßte. Ich saß bei dem Produzenten Peter Rommel, der den Weg von Anfang an begleitet hatte, und wir überlegten, was in diesem Jahr denn so alles los sei in Berlin: Christopher Street Day, Pokalfinale, Papstbesuch ... Papstbesuch! Der Vertreter Gottes auf Erden ist in der Stadt, alles dreht sich um ihn, während scheinbar nebenbei die existentiellen Kämpfe unserer Figuren um ein bißchen Liebe und Würde stattfinden ... Das würde einen ironischen Unterton für unsere Geschichte liefern können.

*Wie hast Du Dir das Gerüst für die Struktur des Filmes erarbeitet?*

Ich habe die Geschichten quasi in Scheiben geschnitten, ineinander geschoben und dann nach möglichen Berührungspunkten gesucht. Dabei haben sich noch ganz andere Dinge ergeben, z.B. die Jugendlichen, die alle Wege einmal kreuzen, oder der Taxifahrer.

Es hat mir schließlich richtigen Spaß gemacht, nach solchen Schnittpunkten zu suchen, die es ja seltsamerweise im Leben auch immer wieder gibt. Da kann die größte Stadt zum Dorf werden!

*Die formale Gestaltung des Filmes ist ganz anders, als man sie von Dir kennt. Was hast Du versucht?*

Die gewählte Form hat ja immer etwas mit der Geschichte zu tun, die man erzählen möchte. Der Wunsch nach mehr Realismus hat uns hier sozusagen die Machart diktiert. Wir wollten den Schauspielern mehr Raum geben, Zufälle zulassen, mehr aus dem Bauch arbeiten. Dazu mußte der Apparat reduziert werden.

Das moderne Filmmaterial hat einen unglaublichen Belichtungsspielraum, also konnten wir mit wenig Beleuchtungstechnik auskommen. Weil Andreas Höfer die Kamera die ganze Zeit auf der Schulter hatte, sind Dolly, Schienen usw. im Techniklager geblieben.

Wenn irgendwie möglich, haben wir in Originaldekorationen gedreht, teilweise auch mit authentischen Leuten, die sich dann eben selbst spielten.

Im Schnitt des Films hat Monika Schindler schließlich sehr unorthodox gearbeitet, wir haben Sprünge oder Anschlußfehler bewußt in Kauf genommen, wenn uns etwas überflüssig oder unwichtig erschien. So haben wir das an der Filmhochschule natürlich nicht gelernt ...

*Ihr seid dafür bekannt, Eure Filme vor Drehbeginn genau zu konzipieren, alles in Zeichnungen und Grundrissen zu entwerfen. Stand Euch diese Methode nicht im Weg?*

Genau deshalb hatten wir diesmal keine vorbereitete Auflösung am Drehort. Nicht aus Faulheit, ich mußte mich sogar regelrecht dazu zwingen, weil ich eigentlich eher etwas feige bin und mich vor der vielen Verantwortung fürchte.

Die meisten Szenen wurden erst mal ohne Unterbrechung gedreht, wobei die Kamera sich jedesmal anders verhalten hat. Das gab den Schauspielern die Möglichkeit, sich selbst Situationen und Räume zu erobern.

Es gibt beispielsweise eine Szene mit Hanna und Victor auf dem Polizeirevier, die hatten wir relativ konventionell gedreht und weil danach noch Zeit war, habe ich die Schauspieler gebeten, doch mal die zehn Minuten zu spielen, die der Drehbuchsituation vorausgingen. Eine reine Improvisationsaufgabe also, die sie mit sehr viel Spaß und Bravour gelöst haben. Teilweise haben wir mitgedreht. Als sie dann irgendwann an der Drehbuchszene ankamen, hat sich die natürlich auch verändert. Die Schauspieler haben an der Situation, am Text »entlanggespielt«, sich mal mehr und mal weniger an die Vorlage gehalten. Ich finde das Ergebnis sehr lebendig, es gibt der ganzen Szene einen eigenen Charme, eine eigene Kraft.

*Wurden die Schauspieler auch direkt mit der Realität konfrontiert?*

Manchmal. Beispielsweise kannte Oliver Bäßler, der Darsteller des Jochen, nicht das Stundenhotel, in das er da kommt. Unsere Ausstatterin Claudia Jaffke hatte einen Originaldrehort gefunden, der mich in seiner Nüchternheit und Zweckreduziertheit selbst überraschte. Vorgestellt hatte ich mir das alles irgendwie plüschiger, staubiger, statt dessen diese Krankenhausatmosphäre: Bett, Laken, Waschbecken, Zewa-Wisch-und-Weg – fertig! In den Vorgesprächen merkte ich, daß natürlich auch Oliver andere Vorstellungen von dem Raum hatte. Wir haben ihn an dem Drehtag dann mit laufender Kamera zum ersten Mal da reinlaufen lassen. Das Ergebnis ist im Film zu sehen. Bei keinem der später noch inszenierten Takes war seine Reaktion so schön, so sparsam, so direkt. Mit Susanne Bormann, der Patty, war ich dagegen vorher vor Ort. Sie mußte sich da vertraut bewegen, mit der Umgebung ganz selbstverständlich umgehen. Also haben wir uns eine Weile in den Vorraum des Stundenhotels gesetzt, das Kommen und Gehen be-

obachtet und dann die gesamte Szene im Zimmer selbst vor-
organisiert. So hatte Susanne bei allem eine große Normalität
und Routine.

*Ihr habt zum ersten Mal auch das Filmmaterial technisch ver-
fremdet, was wolltet Ihr damit erreichen?*

Wir haben versucht, gegen die übliche Buntheit, die uns immer
etwas unnatürlich und geschönt erscheint, anzukämpfen.

Erst mal wurde der Belichtungsspielraum des Materials er-
höht, indem es forciert entwickelt wurde. Daher auch die Grob-
körnigkeit.

Dazu kam eine spezielle Bearbeitung im Kopierwerk, bei der
der Silberanteil des Filmmaterials nicht vollständig ausgewa-
schen wird. Man nennt das Verfahren »Bleichbadüberbrückung«.

Im Ergebnis wirkt es weniger bunt, kontrastreicher, die
Schwärzungen im Material sind kräftiger.

*Der Soundtrack verwendet sehr expressive Originalmusik und
eigenwillige, komponierte Stücke. Wie ist diese musikalische
Mischung entstanden?*

Der Produzent Peter Rommel hat früher auch mal Platten in
Klubs aufgelegt, ist sozusagen Fachmann. Er hat mir sehr geholfen und einen Haufen CDs angeschleppt. Das stundenlange
Hören irgendwelcher Hardcore-Tracks hat mich dann manchmal schon ganz schön fertiggemacht, ist ja nicht unbedingt was
zum Entspannen... Aber uns war wichtig, daß es auch eine dem
Milieu entsprechende authentische Musik geben sollte.

Zum anderen mußten die komponierten Stücke die Struktur

tragen, Bögen spannen. Wir haben die vier beteiligten Musiker eingeladen und eine kleine Session gemacht, die eine sehr schöne Atmosphäre hatte. Das Material wurde dann im Studio direkt zum Bild erarbeitet, teilweise improvisiert. Auch hier hat sich die gewählte Arbeitsweise also fortgesetzt.

*Die Drehbedingungen waren nicht einfach: 37 Nachtschichten, viele Außendrehorte, alles im Winter ... Wie hast Du das Team gefunden, das diese Filmreise mit Dir unternimmt?*

Wir haben sehr gezielt nach unseren Mitarbeitern gesucht und dann ausführliche Gespräche im Vorfeld geführt. Es ging vor allem darum, alle auf das Projekt einzuschwören, klarzumachen, auf was für eine harte und schwierige Reise wir da zu gehen gedachten. Und daß wir dafür nicht einfach nur Personal, sondern selbständige, kreativ mitdenkende Partner suchten. Es sollte ein Klima herrschen, bei dem alle am selben Strang ziehen und sich absolut nicht mit Mittelmaß begnügen. Das klingt wie eine Selbstverständlichkeit, geht in der Routine des Alltagsgeschäfts jedoch viel zu häufig verloren. Da macht man dann eben seinen Job und nicht seine Arbeit.

Ich finde es wichtig, als Regisseur nicht nur Impulse zu geben, sondern auch welche zu empfangen. Das hat dann größtenteils auch sehr gut funktioniert.

*Du arbeitest seit Jahren häufig mit dem gleichen Stab. Konntest Du auch auf solche Partnerschaften zurückgreifen?*

Natürlich waren auch ganz viele liebe Menschen dabei, mit denen ich schon bei früheren Filmen zusammengearbeitet hatte und wo von vornherein ein großes Vertrauen da war. Mit dem

Kameramann Andreas Höfer, dem Produktionsleiter Peter Hartwig oder der Kostümbildnerin Sabine Greunig – um nur einige zu nennen – verbindet mich eine langjährige und sehr fruchtbare Zusammenarbeit. So etwas ist ganz wichtig, denn man kann sich in solch einer »Familie« sehr gut fallenlassen, ist nicht dauerndem Beweisdruck ausgesetzt, gerade wenn man Neues ausprobiert.

Aufpassen muß man, daß das Interesse füreinander immer frisch bleibt, daß man nicht in Routine erstarrt oder sich gerade durch die Vertrautheit im Tonfall vergreift.

*Ich halte »Nachtgestalten« auch für einen politischen Film. Kannst Du Dich mit dieser Lesart der Geschichte anfreunden?*

Zuallererst erzählen wir von Menschen und ihren Schicksalen. Wenn man das genau macht, ist es immer auch irgendwo politisch. Natürlich war es eine bewußte Entscheidung, daß der Film nicht unbedingt von den Gewinnern in dieser Gesellschaft erzählt, so realitätsnah wie möglich sein sollte.

Ich glaube, daß es ein großes Bedürfnis danach gibt, etwas von der eigenen Wirklichkeit auf der Leinwand wiederzufinden. Die soziale Situation in unserem Land hat sich in den vergangenen Jahren sehr verändert. Neoliberalismus und Globalisierung fordern ihren Tribut, und vier Millionen Arbeitslose sind ja nun keine Kleinigkeit. Die Gesellschaft driftet auseinander, und diese starke Polarisierung findet sich selbstverständlich auch in den Geschichten, die wir erzählen.

*Es gibt sehr engagierte Filmleute im Ausland, die uns das seit Jahren vormachen. Gibt es da für Dich Vorbilder?*

Ken Loach ist beispielsweise jemand, den ich für seine Aufrichtigkeit und Erzählkunst sehr verehre, aber auch Leute wie Gianni Amelio oder die Dogma-Gruppe um Lars von Trier machen radikales, ehrliches, realistisches Kino. Diese Regisseure beweisen, daß politische Filme nicht dröge und didaktisch sein müssen, sondern voller Leidenschaft das pralle Leben erzählen können, mit Humor und Schmerzen.

Ich spüre auch hierzulande eine Tendenz, andere Geschichten zu erzählen, mit einer anderen Ästhetik. Und wir haben versucht, für uns einen ersten kleinen Schritt in diese Richtung zu machen und dabei so ehrlich wie möglich zu sein. Ich hoffe, daß dieser Ansatz zu spüren ist, und wir damit auch auf ein Bedürfnis stoßen.

Das Gespräch führte Cooky Ziesche
(Fernsehredakteurin des ORB) im Januar 1999.

# GESPRÄCH MIT ANDREAS HÖFER (KAMERA)
## UND CLAUDIA JAFFKE (SZENENBILD)

*Sie arbeiten schon länger mit Regisseur Andreas Dresen zusammen. Gibt es da ein Verständnis ohne Worte?*

**Andreas Höfer:** Klar, man braucht nicht mehr viele Sätze zur Verständigung. Wir kannten uns auch schon vor der Zeit an der Filmhochschule, aber dort begann 1986 unsere Zusammenarbeit, praktisch vom ersten Studentenfilm an.

*Welches waren die relevanten Vorbilder für Nachtgestalten?*

**Claudia Jaffke:** Es war die Zeit gerade nach »Breaking the Waves« von Lars von Trier, ein Film, der mich durch seine beklemmende Eindringlichkeit stark berührt hat. Ein Film ganz ohne vordergründiges Styling und durchaus kinotauglich. Wir haben uns einiges angesehen im Vorfeld, Filme wie »Taxi Driver« oder Jim Jarmuschs »Night on Earth«.

*Speziell für die Kamera, oder auch für die Ausstattung?*

**Claudia Jaffke:** Eigentlich gar nicht so spartenfixiert. Die Atmosphäre eines Films entsteht ja immer durch die Arbeit mehrerer Beteiligter, und wir wollten von Anfang an intensiver als üblich zusammenarbeiten. Also gemeinsam mit Kamera, Licht, Szenenbild eine optische Form finden, um eine möglichst glaubwürdige, authentisch wirkende Atmosphäre zu schaffen.

*Also ein dokumentarischer Ansatz, aber mit umgekehrter Vorgehensweise?*

**Claudia Jaffke:** Ja. Zunächst gab es tatsächlich die Vorgabe, den Film ausschließlich an Originalschauplätzen entstehen zu lassen. So ist es dann doch nicht gekommen. Kein richtiges Dogma. Zu meiner großen Erleichterung ging es Andreas Dresen um das Ergebnis. Für mich, auch im Hinblick auf die relativ hohe Anzahl der Motive, war das wichtig, denn es befreite weitestgehend von der Gefahr, ins Beliebige oder Klischeehafte abzurutschen, weil sich das passende Motiv nicht fand.

Ein Beispiel ist vielleicht die Suche nach einem geeigneten Hotel für die Liebesszene zwischen Hanna und Victor. Ich hatte es mir einfacher vorgestellt, unsere kleinbürgerliche Stubenpension sowie die Baustelle gegenüber zu finden. Berlin war ja zu der Zeit eine einzige Großbaustelle. Ungefähr nach der 35. Pensionsbesichtigung waren wir so bekannt, daß meine Assistentin Leonie von Arnim von Hoteliers angerufen wurde, die uns »ihre Baustelle« ans Herz legen wollten. Wenn wir dann dort waren, mußten wir uns anderthalb Meter aus dem Fenster lehnen, um einen kleinen Kran am Horizont zu sehen. Also haben wir's umgedreht: Die Baustelle gesucht und im gegenüberliegenden, leerstehenden Haus das Pensionszimmer eingerichtet, ein Bad dazu gebastelt, ein Gerüst errichtet, für die »Arbeiterbeine am Fenster vorbei« ...

**Andreas Höfer:** Unvorhergesehenen Aufwand bescherte uns zum Beispiel die Tatsache, daß die Polizei in Berlin nicht mehr in Polizeirevieren drehen läßt. Gucken ja, drehen nicht.

**Claudia Jaffke:** Man gestattete uns Besichtigungen, wir durften Detailfotos machen, von bunten Kaffeetassen auf Blech-Waffenschränken. Eingerichtet haben wir das Polizeirevier dann im Rechenraum einer ehemaligen Polizeischule im alten Ost-Berlin.

*Jan Schütte hat für »Fette Welt« unter den Brücken von München ein Obdachlosenlager nachgebaut. Wie haben Sie das in Berlin gemacht?*

**Claudia Jaffke:** Das Brückenmotiv für Hanna und Victor in ihrer ersten gemeinsamen Szene zu finden hatte einige Voraussetzungen zu erfüllen. Es mußte ein bestimmter Zug wirklich unter der Brücke durchrauschen, die Straße darüber sollte möglichst vielbefahren sein, und dann wollte ich für die Szene zwischen den beiden Figuren auch unbedingt den optischen Anschluß an die Großstadt. Die schlauchartige, ganz und gar betonierte Eisenbahnbrücke in der Nähe des Olympiastadions war dann die Rettung vor der häufig zu sehenden Bahndammidylle oder vor der romantisch wirkenden Wellblechhütte im Abendlicht. Da diese Brücke keinerlei Zugang hatte, mußten wir unsere Baustellenadaption per Kran nach unten hieven. Das machte die ganze Sache bautechnisch viel aufwendiger, als wir es geplant hatten. Aber diese Lösung schien mir richtiger zu sein als unter einer der bestehenden Pennerbrücken zu drehen, wie man sie z.B. aus der Skalitzer Straße in Kreuzberg kennt. Da steht eine Couchecke direkt unter den U-Bahnbrücken, perfekt eingerichtet samt Zeitungsstapeln und Wasserflaschen. Erst als ich dort wirklich mal jemand liegen sah, habe ich geglaubt, daß es sich nicht um eine Installation handelt. Für uns wäre das zu seltsam, zu skurril gewesen. Denn es war wichtig für uns, daß die ernsthafte Situation unserer Figuren für den Zuschauer immer erkennbar bleibt und keine beschaulichen oder effektheischenden Mittel diesen Eindruck verwischen oder verharmlosen.

Die dokumentarische Reduktion der Mittel betraf eher die Kamera.

**Andreas Höfer:** Eine der größten Erfahrungen, die wir gemacht haben, war die, daß ein dokumentarischer Stil im Spielfilm nicht dokumentarische Arbeitsweise bedeutet, sondern einen genauso großen Aufwand erfordert wie ein konventioneller Stil, nur anders gelagert.

Bei der Kamera ist der technische Aufwand allerdings tatsächlich geringer, weil die Handkamera schnell auf der Schulter ist und Licht zu machen meist nur bedeutet, die Originalleuchtkörper in der Dekoration zu schwächen oder zu verstärken. Wenn es sich anbot, nutzte ich Originallampen, auch wenn sie nicht im Bild waren. Diese Lichtquelle war mir lieber als die herkömmlichen Filmlampen. Andererseits verlagerte sich der Aufwand natürlich, zum Beispiel in das Szenenbild. Die Räume mußten immer 360° Grad eingerichtet werden, weil ich mit der Kamera noch nicht wußte, wohin ich mich drehen würde, je nachdem nämlich, was die Schauspieler machten. Auch die Probenzeit dauerte viel länger. Andreas Dresen hat in der Regel erst mal ein oder zwei Stunden allein mit den Schauspielern geprobt, wie auf der Theaterbühne die Szene erarbeitet. Dann kam ich mit der Kamera dazu, und wir fingen an, die Kamerabewegungen zu choreographieren. Wir hatten an der BL4 eine Videoausspiegelung, und Andreas Dresen hatte einen kleinen Video-Watchman zum Aufzeichnen. Wir schauten uns dann das kleine Schwarzweißbild an und korrigierten die Kamerabewegung, nicht um das Bild glatt und ruckelfrei sondern lebendig und wahrhaftig zu machen. Manchmal probten wir fünf Stunden und drehten eine Einstellung bis zu zwanzigmal.

**Claudia Jaffke:** Möglich wurde diese Arbeitsweise durch die relativ lange Drehzeit von 40 Tagen bzw. Nächten.

*Wie groß war die Crew?*

**Andreas Höfer:** Eigentlich ganz normal, nur bei der Beleuchtung etwas kleiner, weil ich das Filmmaterial auf 1000 ASA gepusht hatte und wir damit eben viel Originallicht nutzen konnten. Wir hatten einen Oberbeleuchter, einen Beleuchter und einen Bühnenmann. Bei schwierigen Sets kamen noch mehr Beleuchter dazu. Der Bühnenmann hatte die für ihn vielleicht nicht ganz so kreative, aber für mich sehr entlastende Funktion, mir die rund 20 kg schwere Kamera ständig zu reichen und wieder abzunehmen und mich, so gut es ging, zu stützen und zu führen. Ohne Materialassistent ging es auch nicht, da wir aus Gewichtsgründen nur mit 120-Meter-Kassetten drehen konnten und daher ständig umgelegt werden mußte. Ich arbeitete mit Funkschärfe, das hatte den Vorteil, daß sich der Schärfeassistent nicht noch am Objektiv »festhalten« mußte, ich somit volle Bewegungsfreiheit hatte. Die Schärfe hat durch die Bewegtheit, die offene Blende und die mittleren bis langen Brennweiten sehr viel Mühe gekostet. Hut ab vor Dariusz Brunzel, der mit Funkschärfe zum ersten Mal gearbeitet hat. Auch mein Oberbeleuchter, Frank Marggraf, hatte in der Form noch nie gearbeitet. Fast bis zur Hälfte der Drehzeit blieb er skeptisch: »Ob das denn gut aussieht, gibt ja kein Licht hier, ist alles so dunkel«. Aber am Ende war er überzeugt.

*Mit welchem Filmmaterial haben Sie gearbeitet?*

**Andreas Höfer:** Wir haben 500er Kodak verwendet und es dann im Kopierwerk forciert entwickeln lassen, so daß es auf eine Empfindlichkeit von 1000 ASA kam.

Außerdem ist die Kinokopie, also das Positiv, bleichbadüberbrückt. Das entsättigt die Farben, und schwarz wird richtig schwarz. Schon aus Kostengründen überlegten wir, wie man die Farben in Originaldekorationen verändern kann, also knallige Farben auf Werbeflächen oder ähnliches. Wir haben uns darauf verlassen, daß in der Kinokopie die Farben stark zurückgehen würden, vor allem das Rot. Letztlich wirkt das natürlicher, denn das nicht-manipulierte Filmmaterial macht die Wirklichkeit bunter und schöner als sie ist, es verfälscht sie im Sinne der »Traumfabrik«. Die Bleichbadüberbrückung fällt dadurch, daß sie durchgängig angewandt wird, nicht als Stilmittel auf. Aber wenn man den Film ohne Bleichbadüberbrückung sähe, gäbe es einen völlig anderen Eindruck.

*Welche Art von Bildern haben Sie denn beeinflußt?*

**Andreas Höfer:** Kameramann Thomas Plenert habe ich schon in meiner Studienzeit sehr bewundert, wie der Dokumentarfilme macht. Wir kannten alle seine Filme sehr genau, die haben wir auch nicht nur einmal gesehen. Das war schon so ein bißchen Ritual, seine neuen Filme zu sehen, die von Volker Koepp und dann »Winter ade« von Helke Misselwitz. Robby Müller finde ich immer wieder spannend in seiner Unterschiedlichkeit. Ansonsten sind es eher einzelne Filme, die für mich aus Kamerasicht sehr interessant sind. Dazu gehört z. B. »Cyclo« des französischen Kameramanns Benoit Delhomme, den er mit dem vietnamesischen

Regisseur Tran Anh Hung gedreht hat. Das ist für mich einer der beeindruckendsten Filme der letzten Jahre gewesen. Die Kameraführung hat eine ähnliche Wirkung wie die impressionistische Malerei. Sehr viel Handkamera, aber trotzdem nicht wild, sehr beobachtend. Plötzlich schwenkt die Kamera scheinbar unbegründet von den Hauptfiguren weg und beobachtet Leute auf der Straße.

*Sie haben etwas gegen sehr bewegte Kameraführung?*

**Andreas Höfer:**    Nein, nicht unbedingt. Ich habe vor allem etwas gegen Statisches und Gelacktes. Ich glaube inzwischen, daß ein Film, der durchgehend aus wohlkomponierten Einstellungen geschnitten ist, optisch langweilig ist. Man muß dazwischen immer wieder Spannung setzen, auch durch unharmonische Kompositionen.

Das Gespräch ist ein Auszug aus dem Interview,
das Caroline M. Buck (Filmjournalistin) im Februar 1999 für
die Zeitschrift »FILM & TV KAMERAMANN« geführt hat.

# GESPRÄCH MIT
## SABINE GREUNIG (KOSTÜME)

*Wenn jemand einen Film macht, der in der Gegenwart spielt, denkt jeder erst einmal, die Kostüme dürften eigentlich nicht das Problem sein. Ist es eigentlich eine größere Herausforderung, einen Film aus dem 18. Jahrhundert auszustatten oder eben einen Film, der 1999 spielt?*

Mich interessieren heutige Geschichten, und ich finde es sehr spannend, mich mit gegenwärtigen Problemen auseinanderzusetzen. Ich kann meine eigenen Erfahrungen einbringen und nutzen. Die Kostüme dürfen sich dem Zuschauer nicht aufdrängen. Es ist wie ein Spiel auf zwei Ebenen, zum einen bedeckte Seelen transparent zu machen, ohne daß Zuschauer merken, daß Hand angelegt wurde, zum anderen die ganze Grundhaltung einer Figur mit Hilfe des Kostüms genau und klar zu zeichnen.

*Oliver Bäßler sieht man eben sofort an, daß seine Figur, der Bauer Jochen, in Berlin an der falschen Stelle ist. Das ist schon an seiner Kleidung zu erkennen.*

Bei Gegenwartsfilmen sind die allgemeinen Kleidercodes sehr schnell zu entschlüsseln. Da ist der gestrickte, blaßgrüne Pullover mit einem runden Ausschnitt, das gestreifte, gut gebügelte rosa Hemd mit kleinem Kragen oder auch die Breitripp-Cordhose, die alle etwas Konservatives assoziieren lassen. Natürlich ist bei der Auswahl der Kleidung auch immer die Schauspielerpersönlichkeit zu beachten. Deshalb suche ich mit den Schauspielern selbst auch lange nach den wirklich passenden Sachen. Bei dem Bauern Jochen bestand eine Schwierigkeit darin, daß das Kostüm wegen einer Prügelszene doppelt vorhanden sein mußte, wir Pullover und Hemd aber aus irgendeinem alten Bestand genommen haben. Also wurde alles extra nachgearbeitet, eingefärbt und selbst die Legefalten des Pullovers mit Kreide imitiert.

*Das ist ja ein Film mit einer ganz bestimmten ästhetischen Haltung. Es ging um einen möglichst unverstellten Blick auf die Realität. Was bedeutet das für die Kostümbildnerin, wenn sie sich diesem Konzept anpaßt?*

Das bedeutet erst einmal, daß wir uns präzise vorbereitet und ewig recherchiert haben, um den fremden Welten nahe zu kommen. Andreas Dresen und ich trafen uns lange vor Beginn der Dreharbeiten. Jahre der Zusammenarbeit haben uns zu Freunden gemacht. Dadurch gibt es eine Basis von gegenseitigem Vertrauen, die auch Platz läßt für ehrliche Auseinandersetzung. So haben wir in den ersten Gesprächen vor allem über die Geschichten geredet. Es ging um die Charaktere. Was mögen die Figuren, wie reagieren sie in bestimmten Situationen. Wie sah ihr Leben aus, bevor wir sie kennenlernten. Erst viel später kamen dann Ideen zu den Kostümen dazu.

*Schauen wir jetzt mal auf die Obdachlosen und die Kids im Film. Ich stell mir vor, da kam es auf besonders sensible Lösungen an.*

Um möglichst authentisch zu bleiben, habe ich mir viel angesehen, die Obdachlosen vor den Kaufhallen und in den U-Bahnhöfen, war bei den Frauen und Mädchen in der Kurfürstenstraße, war in einer Suppenküche. Ich beobachte ohnehin ziemlich aufmerksam, schaue ganz bewußt, wie Menschen sich anziehen und ein Stück ihres Inneren nach außen kehren.

Die Farben des Berliner Alltags sind überwiegend grau und dunkel. Dies kam unserem ästhetischen Konzept entgegen, beim Drehen die Farben zurückzunehmen. Bei den Kids und den Obdachlosen habe ich mich dann aber ganz klar für Farbe entschieden. Farbe bedeutet ja auch Energie: Hannas roter Mantel, Victors grüne Mütze oder besonders bei Feliz. Fast seine gesamte Kleidung, eine bunte Mixtur, wurde angefertigt. Die Hose nach einem Modell aus den siebziger Jahren, etwas zu groß, wahrscheinlich geerbt, die Strickjacke zu knapp mit einem Muster aus den sechziger Jahren. Seine rote Adidas-Jacke ist second hand, eindeutig ein älteres Modell, denn Adidas nutzt heute ganz andere Farben. Sie könnte also auf Umwegen nach Afrika gelangt sein, andererseits liegt sie voll im Trend, weil die Kids von heute diese Sachen wieder tragen. Um in der Farbgestaltung einheitlich zu bleiben, haben Szenenbildnerin, Kameramann, die Maskenbildnerin und ich natürlich ganz eng zusammengearbeitet.

*Was sind die besonderen Gefahren beim Ausstatten dieses Milieus?*

Die Gefahr ist immer, dekorativ zu werden oder etwas von außen aufzusetzen. Das ist ein langes Suchen, auch mit den Schauspielern zusammen. Wir reden miteinander, da wird einfach erst einmal viel zusammengetragen, aus ihren Ansichten, den Vorstellungen des Regisseurs und meinen Ideen. Aus einer solchen Opulenz entwickelt sich dann eine Schlichtheit, bis schließlich genau das übrigbleibt, was die Figur optisch dann zu der macht, die sie sein soll.

*Bei der Figur der Hanna hatte ich den Eindruck, daß Äußeres und Inneres sehr aufeinander abgestimmt waren. Wie war das genau bei ihr?*

Die Figur der Hanna war mir von Anfang an sehr nah. Sie ist ein sehr verletzter Mensch, der sich ständig verteidigen muß. Ihr dicker, roter Steppmantel umhüllt sie wie ein Schlafsack, eine Kruste als Schutz gegen das Äußere, das sie bedroht. Meriam und ich sind drei Tage durch Second-Hand-Läden gewandert und haben gesucht, im Fundus probiert und uns dabei unterhalten. Wo lebt Hanna, wie lange ist sie schon auf der Straße, was hat sie dort hingebracht. Alles bis zu der Unterhose sollte zusammenpassen. Das Kostüm sollte hilfreich beim Spielen sein. Auch der Rollkragenpullover mit dem Reißverschluß war wichtig. Dann trägt sie ja mehrere Schichten übereinander, und die Schauspielerin hat dadurch verschiedene Ausdrucksmöglichkeiten.

*Noch eine Schwierigkeit bestand sicher darin, daß »Nachtgestalten« ja nur in einer Nacht spielt. Was hatte das für Konsequenzen für die Kostüme?*

Die Schauspieler konnten nicht wie in anderen Filmen immer wieder andere Sachen anziehen, um die Figur zu kennzeichnen. Es durfte nichts überflüssig, vordergründig sein, ohne allerdings Details zu vernachlässigen. Eine Nacht erzählt hier von vielen anderen. Ich mußte mich immer für die stärkste und klarste Variante entscheiden.

Das Gespräch führte Knut Elstermann (Filmjournalist) im Mai 1999.

# GESPRÄCH MIT MERIAM ABBAS
## UND DOMINIQUE HORWITZ

*Was hat Sie gereizt, bei «Nachtgestalten» mitzuspielen?*

**Dominique Horwitz:**     Also erst mal der Regisseur, von dem ich schon sehr viel gehört, aber noch nie etwas gesehen hatte. Das war das eine, das andere war die Figur. Sie rennt einer Frau hinterher und ist bereit, ihre ganze Liebe zu geben. Das ist eine große Schwäche, aber in dieser Offenheit liegt auch ihre große Stärke.

*Was waren die besonderen Schwierigkeiten mit dieser Figur? Es war doch sicher eine neue Erfahrung für Sie, einen Obdachlosen auf der Straße zu spielen?*

**Dominique Horwitz:**     Also es gibt ja nicht d e n Obdachlosen. Insofern muß man gucken, daß man relativ bei sich bleibt. Die Gefühle, die Enttäuschungen, die diese Figur erlebt, den Schmerz, den sie zugefügt bekommt, das sind Erfahrungen, die ich aus meinem eigenen Leben sehr wohl kenne. Und eine bestimmte Art von Aggression ist mir auch nicht fremd.

*Meriam Abbas, nach Theaterarbeiten ist dies ihr erster Kinofilm. Welche Erfahrungen haben Sie mit diesem neuen Medium gemacht?*

**Meriam Abbas:**   Ganz spannend! Ich habe natürlich keine Vergleichsmöglichkeiten, aber es ist einfach toll, mit Andreas Dresen zu arbeiten. Der Regisseur und auch der Kameramann Andreas Höfer nehmen mir die technische Verantwortung

124

völlig ab. Ich kann mich ganz darauf konzentrieren, was ich spiele. Das ist gerade dann wunderbar, wenn wir improvisieren. Ich fühle mich sehr frei.

*Es ist kalt heute abend hier draußen. Wie fühlt Ihr Euch? Ist das vielleicht eine Ahnung davon, wie ausgeliefert Obdachlose leben?*

**Meriam Abbas:**     In der Geschichte geht es ja nicht nur um Obdachlosigkeit. Es geht um zwischenmenschliche Beziehungen.

*Aber ich denke doch, daß die Heftigkeit der Gefühle, die Ihr im Film zeigen müßt, schon damit zu tun hat, daß Ihr als Obdachlose die Erlebnisse und Emotionen nicht so filtert wie Menschen am Couchtisch im Wohnzimmer.*

**Dominique Horwitz:**     Ja, das ist klar. Die Straße erfordert eine große Härte, Direktheit und manchmal auch Bosheit und Gemeinheit.

**Meriam Abbas:**     Das ist doch auch ganz klar, diese Menschen können ihre Gefühle nicht so differenziert ausdrücken. Das ist nicht negativ gemeint. Sie müssen sich ständig verteidigen. So ist es logisch, daß sie schneller von null auf hundert kommen. Das ist bei meiner Figur, der Hanna, auch so. Alle sind an ihrem Unglück schuld. Womit sie teilweise recht hat, aber vieles hat auch mit ihr selbst zu tun.

*Was ist die Dynamik dieses Paares? Was hält die beiden zusammen?*

**Dominique Horwitz:** Not. Sie können einfach nicht ohne einander. Man braucht Halt unter solchen Bedingungen. Und sie kompensieren sich auch, ihre Neurosen ergänzen sich ganz gut. Wobei meine Figur, der Victor, derjenige ist, der die Beziehung am Leben erhält. Und sie sich in der privilegierten Lage befindet, auf ihm herumhacken zu können. Aber das kennt man auch von ganz normalen Beziehungen.

**Meriam Abbas:** Stimmt. Die beiden holen sich immer wieder auf den Boden der Tatsachen zurück. Ich rege mich darüber auf, daß er seine Meinung nicht sagt und Konfrontationen eher aus dem Weg geht. Auf der anderen Seite brauche ich das aber auch, denn dadurch hält er mich aus Streitigkeiten heraus.

*Trotz der Sanftheit, dem Wunsch nach Ausgleich, ist es doch Ihre Figur, Dominique Horwitz, bei der die Gewalt dann ausbricht. Was geht in diesem Mann vor, warum wird er so brutal?*

**Dominique Horwitz:** Er muß die ganze Zeit ziemlich viel einstecken. Hanna ist unglaublich anstrengend, und sie wird sehr oft unheimlich gemein. Irgendwann ist das Faß voll.

**Meriam Abbas:** Es geht schon unter die Gürtellinie, was ich ihm vorwerfe.

**Dominique Horwitz:** Aber das Ganze ist auch eine große Liebesgeschichte. Ganz traurig, sentimental und häßlich. Es sind ganz große Gefühle.

*Eine große Liebesgeschichte – auch für Sie, Meriam Abbas?*

**Meriam Abbas:** Ja! Aber für die Hanna, für meine Figur, gibt es noch einen anderen großen, wichtigen Punkt, eben diesen Kampf. Hört sich pathetisch an, der »Kampf im Leben«, aber das ist schon das Thema: Wieviel riskiere ich, um ehrlich sein zu können, oder: um ehrlich zu sein, muß ich viel riskieren. Ich stehe für eine Moral, obwohl ich in der Geschichte kein moralischer Mensch bin.

**Dominique Horwitz:** Das ist auch die Geschichte einer großen Trauer. Die beiden sind zwei klitzekleine Menschen, die sich wehtun.

**Meriam Abbas:** Die von Anfang des Films an nur eine Hoffnung haben, nämlich einen glücklichen Moment zu finden.

Das Gespräch führte Knut Elstermann (Filmjournalist)
im Frühjahr 1998 während der Dreharbeiten.

# GESPRÄCH MIT
## SUSANNE BORMANN

*Sie spielen eine Figur aus einem Lebensbereich, der Ihnen doch ziemlich fremd sein muß.*

Jetzt vielleicht nicht mehr, denn wir haben sehr viele Recherchen gemacht. Wir waren in einem Stundenhotel, und ich habe sehr viel mit Leuten geredet. Außerdem spielen auch in dem Film Kids mit, die sich in dieser Szene gut auskennen. Mit einer habe ich mich sehr gut verstanden. Also, wir haben teilweise richtig Szenen durchgespielt, und das hat mir gut geholfen. Außerdem habe ich viel gelesen und Filme angeschaut. »Kinder vom Bahnhof Zoo« hat mich schon inspiriert. Dann habe ich mich mit Dagmar Sitte getroffen, die spielt auch in unserem Film mit, und sie spielt im Grips-Theater in »Café Mitte«. Auch sie hat für dieses Theaterprojekt zwei Monate lang recherchiert und konnte mir viele Ratschläge geben.

*Also haben Sie sich theoretisch und praktisch vorbereitet.*

Ja, das war mein Problem und der besondere Reiz, diese Rolle zu spielen. Für mich stand immer die Frage, kann ich diese Rolle wirklich glaubhaft spielen, weil ich mich als Typ ziemlich anders einschätze. Ich habe versucht, die Figur ganz straight zu spielen, denn sie hat in keiner Weise etwas Kokettes, so wie man es vielleicht von einer Prostituierten erwartet. Ich habe versucht, diese Figur sehr existentiell und einfach anzulegen. Ohne unnötige Gesten. Mit einem ganz klaren Ziel, und ich denke, auch total abgelebt. Dieses Mädchen hat so viel

Schlimmes erlebt, was andere vielleicht erst mit 60 durchhaben, wenn überhaupt. Und deshalb denke ich, ist sie einfach von der Lebenserfahrung her und der Art, wie sie durch die Welt geht, etwas ganz anderes als ich zum Beispiel.

*Zumal wir relativ wenig über diese Figur erfahren. Im Vergleich zu den anderen hat sie wenig biographisches Futter bekommen. War das nicht auch eine zusätzliche Schwierigkeit?*

Nein, ich finde es gerade gut, so wie es ist. Es wäre falsch, wenn man erzählen würde .... soziales Elend, blablabla ... Ganz am Anfang hatten wir mal eine Grundkonzeption überlegt, wo Patty herkommen soll. Sie sollte aus gutbürgerlichen Verhältnissen stammen, was die Sache ganz interessant machte. Aber im Prinzip ist es egal. Sie ist einfach da und fertig, das, was sie macht, ist ihr Job, mehr gibt es dazu nicht zu sagen. Was kommt, und ob sie vielleicht irgendwann sich aus dem Milieu befreien kann, ist nicht wichtig. Wichtig ist immer nur der nächste Druck. Das ist die Wahrheit dieser Figur.

*Sie können schon auf eine große Filmerfahrung zurückblicken. Trotzdem erleben Sie eine andere Arbeitsweise als sonst. Können Sie beschreiben, was beim Drehen diesmal anders ist?*

Superpraktisch ist die Arbeit mit der Handkamera. Ich bin dadurch viel freier. Ich kann mich im Raum bewegen, wohin ich will. Es gibt keine technischen Zwänge, und so habe ich den Kopf frei für das Spiel. Für die Schauspieler ist es jedenfalls das Paradies. Wenn wir uns nicht nach Kamera oder Licht richten müssen, das macht eben sehr viel Spaß.

*Ist Andreas Dresen auch anders als sonst, hat er ein anderes Ziel beim Arbeiten?*

Nein. Ja. Er ist auch freier. Er kann mehr eingehen auf Vorschläge. Er fordert geradezu die Improvisation. Und das ist für mich mit ihm eine neue Erfahrung. Eher eine Methode. Dagegen ist die Art, wie er sich seinen Figuren annähert, immer gleich.

*Können Sie das genauer beschreiben? Sie haben ja auch den Vergleich zu anderen Regisseuren, mit denen Sie schon gearbeitet haben.*

Ich mag ihn einfach total gern. Ich habe das Gefühl, daß ich ungefähr verstehe, was er will. Es gibt zwischen uns keine Kommunikationsschwierigkeiten, und was das Schöne bei ihm ist, daß er sich viel Zeit für die Schauspieler nimmt, um Fragen zu klären und die richtige Motivation für die Figur zu finden. Das ist nicht normal. Sonst kriegst du oft gesagt: So machst Du es jetzt!

*Sie haben schon ein ganz klares Bild von Ihrer Figur. Haben Sie auch ein Gefühl dafür, was das für ein Film werden wird?*

Es wird ein guter und ein wichtiger. »Nachtgestalten« erzählt von Gestalten, die Du jeden Tag auf der Straße siehst. Wenn Du Sie einen Tag lang beobachtest, erfährst Du eine Menge über sie. Und weil das kein »Oberlehrer-Film« ist, nach dem Motto: Jetzt seht doch mal die armen Leute, nehmt doch mal ein bißchen Rücksicht, weil das für uns wichtig ist, denke ich, daß er den Zuschauern Spaß machen wird.

Das Gespräch führte Knut Elstermann (Filmjournalist)
im Frühjahr 1998 während der Dreharbeiten.

# GESPRÄCH MIT
# OLIVER BÄSSLER

*Sie spielen einen Landwirt, der in die große Stadt kommt, um etwas zu erleben. Der Regisseur hat mit Ihnen so gedreht, daß Sie viele Situationen, viele Drehorte erst im Moment des Drehens kennenlernen. Wie war das für Sie?*

Also, wo ich überall war, so was habe ich noch nie gesehen, auch privat noch nicht. Man merkt, daß man alt geworden ist. Ich meine, ich kann mir nicht vorstellen, beispielsweise in diesem Tanzkeller freiwillig eine Stunde oder gar einen ganzen Abend zu verbringen.

*Können Sie Ihre Figur, den Jochen, beschreiben? Was ist das für ein Typ?*

Er ist ein Landei mit großem Interesse und großer Offenheit für Menschen. Zunächst mal vordergründig zu Prostituierten, meint aber den Kontakt zum Menschen.

*Halten Sie Ihre Figur für einen Verlierer?*

Er erreicht nicht große Dinge, und er steht nicht im Mittelpunkt des Lebens. Aber er hat Geld, das er sich hart erarbeitet hat. Also auch eine Beziehung zu Geld. Er weiß, welchen Wert das hat. Er ist ein sehr warmer Mensch. Vom Landleben an sich habe ich nicht sehr viel Ahnung. Marx sprach immer von der Idiotie des Landlebens. Aber da muß man nicht vom Land kommen, die gibt's überall.

*Wo kommen Sie ursprünglich her?*

Aus Berlin, bin im Friedrichshain geboren.

*Und wann sind Sie ans Cottbuser Theater gegangen?*

Erst mal war ich in Schwerin. Von 89 bis 93. Und dann hat mich Schroth 93 mit »Othello« nach Cottbus geholt. »Nachtgestalten« ist meine erste Filmerfahrung.

*Gibt es eine Seite der Film-Arbeit, die Sie sich besonders schwer erkämpfen mußten?*

Was mir schwergefallen ist, ist der Dialekt. Ich bin Berliner, und Jochen kommt aus Zippelsförde, einem Ort in Norddeutschland. Und das ist immer ein bißchen hinderlich, weil man den Dialekt nicht ursprünglich in sich drin hat. Berlinern kann ich unbewußt. Aber das Norddeutsche mußte ich immer herstellen.

*Es ist Ihr erster Film. Trotzdem haben Sie schon einmal mit Andreas Dresen gearbeitet.*

Ja, wir kennen uns vom Theater. Dadurch bin ich ihm menschlich sehr nah. Also ich vertraue ihm einfach. Er hat einen Blick für die Dinge, er hat eine Erfahrung, da kann ich mich reingeben und muß nicht immer in meinem Kopf einen kleinen Mann laufen haben, der beobachtet und korrigiert. Durch die Arbeit, die wir am Theater gemacht haben, es war der »Urfaust« in Cottbus, kannte ich seine Richtung. Ich wußte ungefähr, wie sich Andreas seine Figuren vorstellt.

*Gibt es einen Stil, so etwas wie den Dresen-Touch in der Arbeit?*

Nein, Stil würde ich nicht sagen, aber auffällig ist, daß er sozial sehr genau arbeitet, daß er Klischees meidet, daß er auf Wahrhaftigkeit sehr großen Wert legt. Wenn man das als Stil bezeichnen kann, ist es sein Stil. Für mich ist es mehr eine Methode zu leben, Leben wahrzunehmen und zu spielen.

Das Gespräch führte Knut Elstermann (Filmjournalist)
im Frühjahr 1998 während der Dreharbeiten.

# GESPRÄCH MIT
# MICHAEL GWISDEK

*Als ich das erste Mal das Drehbuch gelesen habe, wußte ich noch gar nicht, welche Rolle für Sie vorgesehen war. Aber bei den Textstellen des Peschke habe ich beim Lesen schon unwillkürlich Ihre Stimme gehört. Ging es Ihnen auch so?*

Sofort. Ich habe das Buch gelesen und habe gedacht, oh, das hat der Dresen für mich geschrieben. Ich bin zwar überhaupt nicht so, aber ich spiele so eine Figur gerne. Einen, der immer in Situationen gerät, die einen Kick drüber sind. Weil er Sachen macht, die ein normaler Mensch so nicht tun würde. Also muß er irgendwas in sich tragen, daß er zu solchen Handlungen fähig ist, und das bedeutet, daß die Figur anders denken muß.

*Peschke verhält sich sehr menschlich, formuliert aber eigentlich immer das Gegenteil von dem, was er tut ...*

Stimmt. Manchmal behandle ich den kleinen Afrikaner ganz gemein. Ich muß Sachen sagen, die richtig an der Kante sind. Aber im Endeffekt bin ich der einzige, der ihm wirklich hilft.

*Darin liegt für mich die Kraft seiner Geschichte. Sie geht zu Herzen, bewahrt sich aber immer ihre soziale Genauigkeit.*

Ja, wäre es anders, wäre die Geschichte langweilig. Ich finde einen zauberhaften Jungen und latsche mit ihm durch die nächtlichen Straßen Berlins. Das ist langweilig. Die Harmonie zwischen uns wird im letzten Augenblick immer gebrochen, und manchmal tun sich bei dieser Gelegenheit auch Abgründe auf.

*Ich finde Peschkes Haltung sehr lebensnah. Wenn wir Gutes tun, bereuen wir es schnell, weil wir befürchten, ausgenutzt zu werden. Und vielleicht sind wir eben doch, wie Peschke, viel bessere Menschen, als wir denken.*

Ja! Wobei ich aber nicht weiß, wie ich in so einer Situation in Wirklichkeit reagiert hätte, ich glaube, ich hätte mich elegant aus der Affäre gezogen und wäre nicht so tief in diese Sache hineingerutscht. Aber ich weiß auch, wenn man einmal in etwas hineingerutscht ist, dann gibt es so eine Art Harakiri-Verhalten bei mir. Dann ziehe ich das Ding durch. Der Held kommt ja auch in so eine Situation.

*Wo steht Peschke für Sie auf der sozialen Stufenleiter – wohl kaum ganz oben ...*

Nee, nee. Er steht eben nicht ganz oben, sondern er hat ein Problem. Und das ist sein Chef. Der mit 35 schon an der Spitze der Firma steht. Und warum? Weil er natürlich nicht so blöd ist wie er und seine Zeit mit kleinen »Negerbengels« verplempert. Die Figur, die ich zu spielen habe, ist und bleibt eine liebenswerte Pfeife.

*Andreas Dresen dreht diesen Film freier und gewissermaßen halb-dokumentarisch. Kommt Ihnen diese Improvisationslust entgegen?*

Ja, nicht nur nah, ich war auch ein bißchen neidisch. Als Andreas mir erzählte, weißt Du, ich will ein bißchen improvisieren, es kommt mir nicht so auf den Text an, aber auf die Situation, da dachte ich, ja, das wolltest du beim »Mambospiel« auch. Aber ich habe es nicht immer geschafft. Vielleicht schaffen wir das jetzt zusammen.

*Sie haben bei drei Filmen Regie geführt. Fällt es Ihnen inzwischen schwer, sich als Schauspieler einem anderen Regisseur unterzuordnen?*

Überhaupt nicht. Das sind zwei grundverschiedene Dinge. Das ist merkwürdig. Als ich nur Schauspieler war, da habe ich beim Drehen ständig reingequatscht. Dem Regisseur Vorschläge gemacht. Ab dem Moment, als ich selbst Regie geführt und danach wieder als Schauspieler gearbeitet habe, habe ich mich rausgehalten. Weil ich festgestellt habe, daß es hirnverbrannter Schwachsinn ist, wenn man sich als Schauspieler einbildet, an dem Film etwas verändern zu können. Der Regisseur hat das Ganze im Kopf. Ich stehe locker da und muß nur die Fertigkeit hinkriegen, daß ich den Kopf freihabe in dem Moment, wo gedreht wird.

*Es gibt eine alte Regel: Spiele niemals mit Kindern und Tieren. Sie haben es trotzdem gewagt.*

Ja, es war ganz furchtbar mit ihm. Ich spiele mein Wort, er guckt einmal mit seinen Augen, und ich knalle an die Wand, und er hat gewonnen. Das war wunderbar. Nein, im Ernst, es machte Spaß. Weißt Du, der Junge hat keinen Text, er braucht nichts zu sagen. Das ist ein Traum für jeden Schauspieler. Ich quatsche mich dagegen dumm und dämlich. Er muß nur gucken. Und er hat eben Augen ... da sind zwei Seiten Text umsonst gesagt. Außerdem haben Kinder den Vorteil der Naivität. Und darum sind sie immer besser als derjenige, der sich was ausdenken muß. Und Ricardo ist traumhaft gut.

Das Gespräch führte Knut Elstermann (Filmjournalist)
im Frühjahr 1998 während der Dreharbeiten.

# NACHTGESTALTEN

| | |
|---|---|
| Hanna | MERIAM ABBAS |
| Victor | DOMINIQUE HORWITZ |
| | |
| Jochen | OLIVER BÄßLER |
| Patty | SUSANNE BORMANN |
| | |
| Peschke | MICHAEL GWISDEK |
| Feliz | RICARDO VALENTIM |
| | |
| Ricardo | ADE SAPARA |
| Rita | IMOGEN KOGGE |
| | |
| Rote | JOSEFINE LEUSCHNER |
| Fahrerin | DANIELA DIETZE |
| Stummel | ERALP HÜSEYIN UZUN |
| Dieb | TRISTAN GUERCOVICH |
| Jugendliche | JULIANE TRAUTMANN |
| | MAX DENGLER |
| | PATRICK MARSCHNER |
| | |
| Taxifahrer 1 | HORST KRAUSE |
| Taxifahrer 2 | YÜKSEL YOLCU |
| Polizist | AXEL PRAHL |
| Kontrolleur | STEFFEN MÜNSTER |
| | |
| Frau im Christlichen Hospiz | CARMEN MAJA ANTONI |
| Pensionsbesitzerin | URSULA KARUSSEIT |
| Empfangsdame Hotel »Adria« | CATHLEN GAWLICH |
| | u. v. a. |

| | |
|---|---|
| Buch & Regie | ANDREAS DRESEN |
| Produzent | PETER ROMMEL |
| Produktionsleitung | PETER HARTWIG |
| 1. Aufnahmeleitung | CHRISTINE HANDKE |
| 2. Aufnahmeleitung | JEANNETTE EGGERT |
| Motivaufnahmeleitung | ULI MENZEL |
| Regieassistenz | SABINE WEYRICH |
| Casting, Script & Continuity | MANFRED BEHRNDT |
| Kostüm | SABINE GREUNIG |
| Garderobe | FRANK SPECHT |
| Maske | GRIT KOSSE |
| Szenenbild | CLAUDIA JAFFKE |
| Szenenbildassistenz | LEONIE VON ARNIM |
| Außenrequisite | FALK RAATZKE |
| Innenrequisite | OLAF KRONENTHAL |
| Kamera | ANDREAS HÖFER |
| Kameraassistenz | DARIUSZ BRUNZEL |
| Oberbeleuchter | FRANK MARGGRAF |
| Bühne & Grip | MARKUS PLUTA |
| Ton | PETER SCHMIDT |
| Tonassistenz | HEIKO AHRENS |
| Schnitt | MONIKA SCHINDLER |
| Schnittassistenz | NADINE SCHINDLER |

| | |
|---|---|
| Stunts und Stuntkoordination | FRANK HABERLAND |
| Musik | CATHRIN PFEIFER (Akkordeon)<br>RAINER ROHLOFF<br>(Produktion & Sounds)<br>JÜRGEN EHLE (Gitarre)<br>TOPO GIOIA (Percussion) |
| Mischtonmeister | KLAUS HORNEMANN |
| Redaktion | COOKY ZIESCHE (ORB)<br>GEORG STEINERT (ARTE)<br>WOLFGANG VOIGT (MDR)<br>ANN SCHÄFER (SFB) |

Drehbuchentwicklung gefördert vom
EUROPEAN SCRIPT FUND LONDON

Hergestellt mit Unterstützung von
FILMBOARD BERLIN / BRANDENBURG GMBH
STUDIO BABELSBERG INDEPENDENTS
BUNDESMINISTERIUM DES INNERN
KULTURELLE FILMFÖRDERUNG MECKLENBURG-VORPOMMERN

sowie

OSTDEUTSCHER RUNDFUNK BRANDENBURG
MITTELDEUTSCHER RUNDFUNK
SENDER FREIES BERLIN
ARTE

Gedreht in Berlin und Peenemünde, 10.03. bis 12.05.1998

Im Verleih der Münchener Film Agentur (MFA),
Föhringer Allee 17, 85774 Unterföhring
Fon: 089 / 958438-0; Fax: 089 / 958438-38.